Joachim Ringelnatz

Es zwitschert eine Lerche im Kamin

Gedichte

Diogenes

Diese Auswahl wurde von ›Muschelkalk‹,
d. i. Leonharda Ringelnatz, zusammengestellt
und erschien zum 7. August 1953, dem
70. Geburtstag des Dichters,
im Karl H. Henssel Verlag, Berlin

60/95/8/1
ISBN 3 257 06049 1

Komm, sage mir, was du für Sorgen hast

Es zwitschert eine Lerche im Kamin,
Wenn du sie hörst.
Ein jeder Schutzmann in Berlin
Verhaftet dich, wenn du ihn störst.

Im Faltenwurfe einer Decke
Klagt ein Gesicht,
Wenn du es siehst.
Der Posten im Gefängnis schießt,
Wenn du als kleiner Sträfling ihm entfliehst.
Ich tät es nicht.

In eines Holzes Duft
Lebt fernes Land.
Gebirge schreiten durch die blaue Luft.
Ein Windhauch streicht wie Mutter deine Hand.
Und eine Speise schmeckt nach Kindersand.

Die Erde hat ein freundliches Gesicht,
So groß, daß man's von weitem nur erfaßt.
Komm, sage mir, was du für Sorgen hast.
Reich willst du werden? — Warum bist du's nicht?

An uns vorbei

O wie viel Menschen mögen jetzt,
Um diese Stunde — bitter weinen!?
Es wär ein Strom in Gang gesetzt,
Wenn diese Tränen sich vereinen.

Von allen Tiefen sanft gezogen,
Von allen Höhen abgelehnt,
Trägt er sein Fluten und sein Wogen
Zum Meer, das gar nichts mehr ersehnt.

Doch blanke Fische seh ich schwimmen.
Stromaufwärts dampft die Kauffahrtei.
Um Ufer lachen helle Stimmen.
An mir vorbei. An uns vorbei.

Psst!

Träume deine Träume in Ruh.

Wenn du niemandem mehr traust,
Schließe die Türen zu,
Auch deine Fenster,
Damit du nichts mehr schaust.

Sei still in deiner Stille,
Wie wenn dich niemand sieht.
Auch was dann geschieht,
Ist nicht dein Wille.

Und im dunkelsten Schatten
Lies das Buch ohne Wort.

Was wir haben, was wir hatten,
Was wir — —
Eines Morgens ist alles fort.

Freunde, die wir nie erlebten

Ihr, die nie ich sah,
Nimmer menschlich sehe,
Seid mir nun so nah,
Wenn ich einsam gehe.

Was ich weiß, nicht wußte
Über euch, hab ich's versäumt?
Ich's verfehlt? —
Oder mußte
Fern vergehn, was ich erträumt? —
Schenkte Gott die Kunst, das Wort
Ferner, Toter nachzulesen.

Ach wie heiß mich das beschlich:
Dann und dann und da und dort
Ist ein Herz wie meins gewesen,
Still für sich.

Tröstliches Gefühl: Es dächte
Später wer so über mich. —
Keine aller Erdenmächte,
Wär sie noch so übermütig,
Kann uns trennen,
Die wir Gleiche sind zu nennen.

Denn wir waren nie gesellt,
Weil der Gott uns weise, gütig
Fern vonander aufgestellt,
Wissend um die Welt.

Was dann?

Wo wird es bleiben,
Was mit dem letzten Hauch entweicht?
Wie Winde werden wir treiben —
Vielleicht!?

Werden wir reinigend wehen?
Und kennen jedes Menschen Gesicht.
Und jeder darf durch uns gehen,
Erkennt aber uns nicht.

Wir werden drohen und mahnen
Als Sturm,
Und lenken die Wetterfahnen
Auf jedem Turm.

Ach, sehen wir die dann wieder,
Die vor uns gestorben sind?
Wir, dann ungreifbarer Wind?
Richten wir auf und nieder
Die andern, die nach uns leben?

Wie weit wohl Gottes Gnade reicht.
Uns alles zu vergeben?
Vielleicht? — Vielleicht!

Kindersand

Das Schönste für Kinder ist Sand.
Ihn gibt's immer reichlich.
Er rinnt unvergleichlich
Zärtlich durch die Hand.

Weil man seine Nase behält,
Wenn man auf ihn fällt,
Ist er so weich.
Kinderfinger fühlen,
Wenn sie in ihm wühlen,
Nichts und das Himmelreich.

Denn kein Kind lacht
Über gemahlene Macht.

Nie bist du ohne Nebendir

Eine Wiese singt.
Dein Ohr klingt.
Eine Telefonstange rauscht.

Ob du im Bettchen liegst
Oder über Frankfurt fliegst,
Du bist überall gesehen und belauscht.

Gonokokken kieken.
Kleine Morcheln horcheln.
Poren sind nur Ohren.
Alle Bläschen blicken.

Was du verschweigst,
Was du den andern nicht zeigst,
Was dein Mund spricht
Und deine Hand tut,
Es kommt alles ans Licht.
Sei ohnedies gut.

Ich habe dich so lieb

Ich habe dich so lieb!
Ich würde dir ohne Bedenken
Eine Kachel aus meinem Ofen
Schenken.

Ich habe dir nichts getan.
Nun ist mir traurig zu Mut.
An den Hängen der Eisenbahn
Leuchtet der Ginster so gut.

Vorbei — verjährt —
Doch nimmer vergessen.
Ich reise.
Alles, was lange währt,
Ist leise.

Die Zeit entstellt
Alle Lebewesen.
Ein Hund bellt.

Er kann nicht lesen.
Er kann nicht schreiben.
Wir können nicht bleiben.

Ich lache.
Die Löcher sind die Hauptsache
An einem Sieb.

Ich habe dich so lieb.

Vorm Brunnen in Wimpfen

Du bist kein du,
Wasser. — Hättest nicht Ruh,
Mich auszuhören.

Ihr fließet immerzu
Und immer weiter und möglichst weit.

Wie euch der Brunnen aus eisernen Röhren
In den heißen Althäuserplatz speit,
Erdengeläutert und ausgekühlt;
Da ihr alte und neue Zeit
Und den Himmel abkonterfeit, —

Siehet mein durstiges Staunen
In euch doch immerzu andre.

Immer wieder mit über den Rand gespült,
Fängt es aus eurem Raunen
Nur eines auf: Wandre!

Von euch möcht' ich trinken.

Ihr würdet lau, wenn ihr stehenbliebt,
Ihr würdet trüb. Ihr würdet verweilend
Faulen und stinken.

Was kümmert's euch, ob ein Mensch euch liebt.
Dauernd zerteilt euch selber enteilend,
Seid ihr getrieben ein treibendes
Ganzes, rein Bleibendes.

Jene brasilianischen Schmetterlinge

Wie schön ihr angezogen seid!
Simpelfarbig ist unsere Menschenhaut
Und hat noch Hitzpickel am Gesicht.
Aber ich denke das ohne Neid.
Ihr renommiert wahrscheinlich auch nicht
Mit euren sonnenmetallischen Flügeln.
Sie sind euer einziges Kleid.
Ihr braucht es niemals zu bügeln.
Und wenn ich es täte, dann ginge
Es sicher entzwei.
Und euer Leben, ihr Schmetterlinge,
Huscht sowieso wie ein Sternschnupp vorbei.
Drum seid ihr Ochsen, wenn ihr's nicht genießt.
Dauernd saufen, naschen, geschlechtlich paktieren!
Derart keine Zehntelsekunde verlieren!
Bis euch der deutsche Professor aufspießt.

Die europäischen Fernen
Kennenzulernen,
Was euch das Leben nie bot,
Was ihr damals auch nie gewollt noch begriffen hättet, —
Nun wär's euch. — — Zwischen Gläser gebettet
Leuchtet ihr so geduldig tot.
Broschen seid ihr und Fächer.
Ich habe aus euch einen Aschenbecher;
Aber er tut mir so leid.
Ich streue die Asche lieber daneben.
Denn euch brachte das schöne Kleid
Um euer junges, brasilianisches Leben.

Arm Ding

Ich war erwacht und konnte den Morgen nicht grüßen.
Mich drückten Sorgen; die fanden die Menschheit so schlecht
Ein Schmetterling saß verirrt auf dem Bettrand zu Füßen,
Hielt seine Samt-Flügel-Flächen waagerecht.

Und war so schön und so jung, wie der Morgen,
So rein, wie der Morgen vom Schöpfer gedacht.
Ich trug ihn vors Fenster. — Doch meine Sorgen
Verdämmerten wieder, was in mir erwacht.

Mir war Unrecht geschehn. Ich bedauerte mich,
Empfand mein Leid, ohne daß ich verglich.

Und ein trüber, gelähmter Tag verging.
Der Abend begann, alles abzuschließen.
Da lag vor dem Haustor auf schmutzigen Fliesen
Ein regenzerschlagener Schmetterling. —
Arm Ding!

Thar

Als ich abends den Zoo verließ,
Entdeckte ich noch ein Tier. Das hieß
Thar,
Himalaja. Es war
Wunderbar.

Seines Felles langseidenes Haar
Legte ein Wind bald sohin bald sohin.
Es hatte wonnige Farben in Braun.

Das Tier schien mir durch die Seele zu schaun
Und weiter und fernhin, doch wohin?

— Himalaja — Himalaja — —
Der, die oder das Thar? —

Wie ernst ich vor dem Käfig war.

Seepferdchen

Als ich noch ein Seepferdchen war,
Im vorigen Leben,
Wie war das wonnig, wunderbar
Unter Wasser zu schweben.
In den träumenden Fluten
Wogte, wie Güte, das Haar
Der zierlichsten aller Seestuten,
Die meine Geliebte war.
Wir senkten uns still oder stiegen,
Tanzten harmonisch umeinand,
Ohne Arm, ohne Bein, ohne Hand,
Wie Wolken sich in Wolken wiegen.
Sie spielte manchmal graziöses Entfliehn,
Auf daß ich ihr folge, sie hasche,
Und legte mir einmal im Ansichziehn
Eierchen in die Tasche.
Sie blickte traurig und stellte sich froh,
Schnappte nach einem Wasserfloh,
Und ringelte sich
An einem Stengelchen fest und sprach so:
Ich liebe dich!
Du wieherst nicht, du äpfelst nicht,
Du trägst ein farbloses Panzerkleid
Und hast ein bekümmertes altes Gesicht,
Als wüßtest du um kommendes Leid.
Seestütchen! Schnörkelchen! Ringelnaß!
Wann war wohl das?
Und wer bedauert wohl später meine restlichen
Knochen?
Es ist beinahe so, daß ich weine —
Lollo hat das vertrocknete, kleine
Schmerzverkrümmte Seepferd zerbrochen.

Meine Musca domestica

Hoch soll sie leben!
Auch tief darf sie leben,
Meine Stubenfliege in der Winterzeit.
Alle Sauberkeit
Darf sie schwarz verkleben.

Was mag sie denken?
Was mag sie lenken,
Wenn sie scheinbar sinnlos auf dem Frühstückstisch
Zwischen Braten, Käse, Milch und Fisch
Immer unbehelligt flugwirr flieht,
Aber plötzlich einen Tischtuchfleck beehrt,
Wo kein Mensch etwas Besonderes sieht?

Ist ein Krümelchen wohl eines Totschlags wert!

Mag sie meinetwegen
Ihre Eier legen
Wann, wohin und wieviel ihr beliebt!

Immer noch studiere
Ich am kleinsten Tiere:
Welche himmelhohen Rätsel es gibt.

Meine Schuhsohlen

Sie waren mir immer nah,
Obwohl ich sie selten sah,
Die Sohlen meiner Schuhe.

Sie waren meinen Fußsohlen hold.

An ihnen klebt ewige Unruhe,
Und Dreck und Blut und vielleicht sogar Gold.

Sie haben sich aufgerieben
Für mich und sahen so selten das Licht.

Wer seine Sohlen nicht lieben
Kann, liebt auch die Seelen nicht.

Mir ist seit einigen Tagen
Das Herz so schwer.
Ich muß meine Sohlen zum Schuster tragen,
Sonst tragen sie mich nicht mehr.

Einer meiner Bürsten

Deine Borsten wurden weiche Haare,
Meine drohen auszugehn.
Zweimal im Verlauf der dreißig Jahre
Hab ich dich bewundernd angesehn.

Einmal, als du ganz neu warst,
Und jetzt, da mein Zufall sich besinnt,
Daß die Zeit verrinnt und das Gefühl gerinnt. —
Drei Jahrzehnt, in denen du mir treu warst.

Gibt sich Treue uns so zum Bequemen,
Daß wir sie als selbstverständlich nehmen,
Dann steht's schlimm.

Schäme ich mich, einen Bart zu küssen,
Der jahrzehntelang meinen Dreck hat küssen müssen?
Alte Kleiderbürste, Küßchen! Nimm!

Jenem Stück Bindfaden

Bindfaden, an den ich denke,
Kurz warst du, und lang ist's her.

Ohne dich wäre das so schwer
Und so hoffnungslos gewesen.

Auf der Straße von mir aufgelesen,
Halfst du mir,
Mir und meiner Frau. — Wir danken dir,
Ich und meine Frau.

Bindfaden, du dünne Kleinigkeit
Wurdest mir zum Tau. —
Damals war Hungerszeit;
Und ich hätte ohne dich in jener Nacht
Den Kartoffelsack nicht heimgebracht.

Entgleite nicht

Wer hätte damals das gedacht!?
Von mir!? — Wie war ich davon weit!

Dann stieg ich, stiegen wir zu zweit
Und sagten glücklich vor der Nacht:
„Kehr nie zurück, bedankte Ärmlichkeit!"

Es war ein wunderschönes Hausen
In guter, kleinerbauter Heimlichkeit. —

Ganz winzige, herzförmige Fenster gibt's. —

Im reichen Raum vergißt man leicht das Draußen. —

Entgleite nicht, du Glück der Einfachheit.

Und auf einmal steht es neben dir

Und auf einmal merkst du äußerlich:
Wieviel Kummer zu dir kam,
Wieviel Freundschaft leise von dir wich,
Alles Lachen von dir nahm.

Fragst verwundert in die Tage.
Doch die Tage hallen leer.
Dann verkümmert deine Klage...
Du fragst niemanden mehr.

Lernst es endlich, dich zu fügen,
Von den Sorgen gezähmt.
Willst dich selber nicht belügen
Und erstickst es, was dich grämt.

Sinnlos, arm erscheint das Leben dir,
Längst zu lang ausgedehnt. — —
Und auf einmal — —: Steht es neben dir,
An dich angelehnt — —
Was?
Das, was du so lang ersehnt.

Spute dich!

Spute dich, ehe das Postamt schließt!
Wenn auch ein Anziehn für nur zehn Minuten
Und ein Pustegehtaus-Lauf verdrießt:
Minute spart Tage im Sputen.

Fertiggestellt und nicht abgeschickt — —,
Wem nützen halbe Sachen?
Freut man sich nicht nach Erwachen,
Wenn man schon Antwort auf gestern erblickt?
Freut man sich, wenn die Uhr nicht mehr tickt?

Versäume nichts, wenn dich der Moment
Mahnt. Irgendwer, der dich liebt und kennt,
Stirbt vielleicht fern, während du niest.
Ahnt vielleicht, daß du ihn nicht liebst. — —

Wenn du ihm jetzt schriebst,
Ihm, den du nicht wiedersiehst —

Spute dich, ehe das Postamt schließt.

Es lohnt sich doch

Es lohnt sich doch, ein wenig lieb zu sein
Und alles auf das Einfachste zu schrauben.
Und es ist gar nicht Großmut zu verzeihn,
Daß andere ganz anders als wir glauben.

Und stimmte es, daß Leidenschaft Natur
Bedeutete im guten und im bösen,
Ist doch ein Knoten in dem Schuhband nur
Mit Ruhe und mit Liebe aufzulösen.

Doch ihre Sterne kannst du nicht verschieben

Das Sonderbare und Wunderbare
Ist nicht imstande, ein Kind zu verwirren.
Weil Kinder wie Fliegen durch ihre Jahre
Schwirren. — Nicht wissend, wo sie sind.

Nur vor den angeblich wahren
Deutlichkeiten erschrickt ein Kind.

Das Kind muß lernen, muß bitter erfahren.
Weiß nicht, wozu das frommt.
Hört nur: das muß so sein.

Und ein Schmerz nach dem andern kommt
In das schwebende Brüstchen hinein.
Bis das Brüstchen sich senkt
Und das Kind denkt.

Schlummerlied

Will du auf Töpfchen?
Fühlst du ein Dürstchen?
Oder ein Würstchen?

Senke dein Köpfchen.

Draußen die Nacht, die kalte
Ist düster und fremd.
Deine Hände falte.
Der liebe Gott küßt dein Hemd.

Gute Ruh!
Ich bin da,
Deine Mutter, Mama;
Müde wie du.

Nichts mehr sagen —
Nicht fragen —
Nichts wissen —
Augen zu.
Horch in dein Kissen:
Es atmet wie du.

Kindergebetchen

Erstes

Lieber Gott, ich liege
Im Bett. Ich weiß, ich wiege
Seit gestern fünfunddreißig Pfund.
Halte Pa und Ma gesund.
Ich bin ein armes Zwiebelchen,
Nimm mir das nicht übelchen.

Zweites

Lieber Gott, recht gute Nacht.
Ich hab noch schnell Pipi gemacht,
Damit ich von dir träume.
Ich stelle mir den Himmel vor
Wie hinterm Brandenburger Tor
Die Lindenbäume.
Nimm meine Worte freundlich hin,
Weil ich schon sehr erwachsen bin.

Drittes

Lieber Gott mit Christussohn,
Ach schenk mir doch ein Grammophon.
Ich bin ein ungezognes Kind,
Weil meine Eltern Säufer sind.
Verzeih mir, daß ich gähne.
Beschütze mich in aller Not,
Mach meine Eltern noch nicht tot
Und schenk der Oma Zähne.

Arm Kräutchen

Ein Sauerampfer auf dem Damm
Stand zwischen Bahngeleisen,
Machte vor jedem D-Zug stramm,
Sah viele Menschen reisen

Und stand verstaubt und schluckte Qualm
Schwindsüchtig und verloren,
Ein armes Kraut, ein schwacher Halm,
Mit Augen, Herz und Ohren.

Sah Züge schwinden, Züge nah'n.
Der arme Sauerampfer
Sah Eisenbahn um Eisenbahn,
Sah niemals einen Dampfer.

Kind, spiele

Kind, spiele!
Spiele Kutscher und Pferd! —
Trommle! — Baue dir viele
Häuser und Automobile! —

Koche am Puppenherd! —
Zieh deinen Püppchen die Höschen

Und Hemdchen aus! — Male dann still! —
Spiele Theater: „Dornröschen“
Und „Kasperl mit Schutzmann und Krokodil!“ —

Ob du die Bleisoldaten
Stellst in die fürchterliche Schlacht,
Ob du mit Hacke und Spaten
Als Bergmann Gold suchst im Garten im Schacht,
Ob du auf eine Scheibe
Mit deinem Flitzbogen zielst, —

Spiele! — Doch immer bleibe
Freundlich zu allem, womit du spielst.
Weil alles (auch tote Gegenstände)
Dein Herz mehr ansieht, als deine Hände.
Und weil alle Menschen (auch du, mein Kind)
Spielzeug des lieben Gottes sind.

Schenken

Schenke groß oder klein,
Aber immer gediegen.
Wenn die Bedachten
Die Gaben wiegen,
Sei dein Gewissen rein.

Schenke herzlich und frei.
Schenke dabei
Was in dir wohnt
An Meinung, Geschmack und Humor,
So daß die eigene Freude zuvor
Dich reichlich belohnt.

Schenke mit Geist ohne List.
Sei eingedenk,
Daß dein Geschenk
Du selber bist.

Heimliche Stunde

Ein kleiner Spuk durch die Dampfheizung ging.
Keine Uhr war aufgezogen.
Ein zu früh geborener Schmetterling
Kam auf das Schachbrett geflogen.

Es ging ein Blumenvasenblau
Mit der Sonne wie eine Schnecke.
Ich liebe Gott und meine Frau,
Meine Wohnung und meine Decke.

Über meinen gestrigen Traum

Wie kam ich gerade auf ein Gestirn?
Du sagst: Ich stöhnte träumend ganz laut.
Vielleicht steigt die Phantasie ins Hirn,
Wenn der Magen verdaut.

Man sollte kurz vorm Schlafengehen
Nichts essen. Auch war ich gestern bezecht.
Doch warum träume ich immer nur schlecht,
Nie gut. Das kann ich nicht verstehen.

Ob auf der Seite, ob auf dem Rücken
Oder auch auf dem Bauch — —
Immer nur Schlimmes. „Alpdrücken."
Aber Name ist Schall und Rauch.

Meist von der Schule und vom Militär — —
Als ob ich schuldbeladen wär — —
Und wenn ich aufwache, schwitze ich
Und manchmal kniee ich oder sitze ich,
Du weißt ja, wie neulich!
Oh, es ist greulich.

Warum man das überhaupt weitererzählt?
Hat doch niemand Vergnügen daran,
Weil man da frei heraus lügen kann. —
Aber so ein Traum quält.

Gestern hab ich noch anders geträumt:
Da waren etwa hundert Personen.
Die haben die Dachwohnung ausgeräumt,
Wo die Buchbinders wohnen.

Dann haben wir auf dem Dachsims getanzt.
Dann hast du mich, sagst du, aufgeweckt,
Und ich, sagst du, sagte noch träumend erschreckt:
„Ich habe ein Sternschnüppchen gepflanzt."

Ich weiß nur noch: ich war vom Dach
Plötzlich fort und bei dir und war wach.
Und du streicheltest mich wie ein Püppchen
Und fragtest mich — ach, so rührend war das —
Fragtest mich immer wieder: „Was
Hast du gepflanzt!? Ein Sternschnüppchen?"

Spielball

Es weint ein Kind.
Ein Luftballon mit dünnem Zopf
Und kleiner als des Kindes Kopf
Entflieht im Wind.

Und reist und steigt verwegen.
Ein Nebel wallt.
Ein Fehlschuß knallt.
Dann fällt ein sanfter Regen.

Rundrote Riesenbeere
Rollt müde und verschrumpft
In einem Wipfelmeere,
Hat austriumpht.

Witziger Kräherich
Bringt seinem Bräutchen
Ein hohles Häutchen,
Die aber ärgert sich.

Die Ameisen

In Hamburg lebten zwei Ameisen,
Die wollten nach Australien reisen.
Bei Altona auf der Chaussee
Da taten ihnen die Beine weh,
Und da verzichteten sie weise
Dann auf den letzten Teil der Reise.

Die Schnupftabaksdose

Es war eine Schnupftabaksdose,
Die hatte Friedrich der Große
Sich selbst geschnitzelt aus Nußbaumholz.
Und darauf war sie natürlich stolz.

Da kam ein Holzwurm gekrochen.
Der hatte Nußbaum gerochen.
Die Dose erzählte ihm lang und breit
Von Friedrich dem Großen und seiner Zeit.

Sie nannte den alten Fritz generös.
Da aber wurde der Holzwurm nervös
Und sagte, indem er zu bohren begann:
„Was geht mich Friedrich der Große an!"

Lustig quasselt

Lustig quasselt der seichte Bach.
Scheinchen scheppern darüber flach.
Stumm gegen die Wellchen steht ein Stein,
Sieht — wie mir scheint —
Ernst aus und verweint.

Denn es macht traurig, unbequem zu sein.

Vorfreude auf Weihnachten

Ein Kind — von einem Schiefertafel-Schwämmchen
Umhüpft — rennt froh durch mein Gemüt.

Bald ist es Weihnacht! — Wenn der Christbaum blüht,
Dann blüht er Flämmchen.
Und Flämmchen heizen. Und die Wärme stimmt
Uns mild. — Es werden Lieder, Düfte fächeln. —

Wer nicht mehr Flämmchen hat, wem nur noch
  Fünkchen glimmt,
Wird dann noch gütig lächeln.

Wenn wir im Traume eines ewigen Traumes
Alle unfeindlich sind — einmal im Jahr! —
Uns alle Kinder fühlen eines Baumes.

Wie es sein soll, wie's allen einmal war.

Schnee

Zwischen den Bahngeleisen
Vertränt sich morgenroter Schnee. —
Artisten müssen reisen
Ins Gebirge und an die See,
Nach Leipzig — und immer wieder fort, fort.
Nicht aus Vergnügen und nicht zum Sport.
Manchmal tut's weh.

Der ich zu Hause bei meiner Frau
So gern noch wochenlang bliebe;
Mir schreibt eine schöne Dame:
„Komm zu uns nach Oberammergau.
Bei uns ist Christus und Liebe,
Und unser Schnee leuchtet himmelblau." —

Aber Plakate und Zeitungsreklame
Befehlen mich leider nicht dort-,
Sondern anderswohin. Fort, fort.

Der Schnee ist schwarz und traurig
In der Stadt.
Wer da keine Unterkunft hat,
Den bedaure ich.

Der Schnee ist weiß, wo nicht Menschen sind.
Der Schnee ist weiß für jedes Kind.
Und im Frühling, wenn die Schneeglöckchen blühn,
Wird der Schnee wieder grün.
Beschnuppert im grauen Schnee ein Wauwau
Das Gelbe,
Reißt eine strenge Leine ihn fort. —
Mit mir in Oberhimmelblau
Wär's ungefähr dasselbe.

Stille Winterstraße

Es heben sich vernebelt braun
Die Berge aus dem klaren Weiß,
Und aus dem Weiß ragt braun ein Zaun,
Steht eine Stange wie ein Steiß.
Ein Rabe fliegt, so schwarz und scharf,
Wie ihn kein Maler malen darf,
Wenn er's nicht etwa kann.
Ich stapse einsam durch den Schnee.
Vielleicht steht links im Busch ein Reh
Und denkt: Dort geht ein Mann.

Im Park

Ein ganz kleines Reh stand am ganz kleinen Baum
Still und verklärt wie im Traum.
Das war des Nachts elf Uhr zwei.

Und dann kam ich um vier
Morgens wieder vorbei,
Und da träumte noch immer das Tier.
Nun schlich ich mich leise — ich atmete kaum —
Gegen den Wind an den Baum,
Und gab dem Reh einen ganz kleinen Stips.
Und da war es aus Gips.

Hilflose Tiere

Wenn ein Hund kotzt, soll man keinen Augenblick
Ihn dann stören,
Soll man auf ihn hören.
Töne sind Bruchstücke von Musik.

Ob geräuschvoll oder leise,
Massig oder klein bei klein —
Kann es doch die schönste Speise,
Kann es beispielsweise
Hammelkeule in Madeira sein.

Auch das Dichten ist ein Vonsichgeben.
Eisen bricht. Und alles geht vorbei,
Auch die Wolke und das Leben.
Und ein einz'ger Koch verdirbt den ganzen Brei.

Mag sich also keiner überheben,
Der auf Menschtum und Gesundheit protzt.

Wenn ein Hündchen kotzt —
Öffentlich genau so wie zu Hause —
Sollst du mit ihm leiden,
Maulkorb ihm durchschneiden;
Denn sonst wirkt der Korb wie eine Brause.

Will das Rührende dir häßlich scheinen,
Denke: Großes spiegelt sich im Kleinen.
Wirst dich doch der eignen Übelkeit

Niemals schämen.
Gönne Tieren wenigstens die Zeit,
Widerwärtiges zurückzunehmen.

Oder laß das ruhig liegen. Weil
Roheit niemals Glück bringt oder Segen.
Jeder soll vor seiner Türe fegen.
Und die Stiefelsohle ist kein Körperteil.

Wie mag er aussehn?

Wer hat zum Steuerbogenformular
Den Text erfunden?
Ob der in jenen Stunden,
Da er dies Wunderwirr gebar,
Wohl ganz — — — oder total — — war?

Du liest den Text. Du sinnst. Du spinnst.
Du grinst — „Welch Rinds' " — Und du beginnst
Wieder und wieder. — Eisigkalt
Kommt die Vision dir „Heilanstalt".

Für ihn? Für dich? — Dein Witz erblaßt.
Der Mann, der jenen Text verfaßt,
Was mag er dünkeln oder wähnen?
Ahnt er denn nichts von Zeitverlust und Tränen?

Wir kommen nicht auf seine Spur.
Und er muß wohl so sein und bleiben.
Auf seinen Grabstein sollte man nur
Den Text vom Steuerbogen schreiben.

Morgenwonne

Ich bin so knallvergnügt erwacht.
Ich klatsche meine Hüften.
Das Wasser lockt. Die Seife lacht.
Es dürstet mich nach Lüften.

Ein schmuckes Laken macht einen Knicks
Und gratuliert mir zum Baden.
Zwei schwarze Schuhe in blankem Wichs
Betiteln mich „Euer Gnaden".

Aus meiner tiefsten Seele zieht
Mit Nasenflügelbeben
Ein ungeheurer Appetit
Nach Frühstück und nach Leben.

Der wilde Mann von Feldafing

Er schien zum Kriegsmann geboren.
Er trug nach allen Seiten hin Bart.
Selbst seine Beine waren behaart
Und steckten in Stiefeln mit Sporen.
Und trutzig über der Schulter hing
Ihm ein gewichtig Gewehr.
Mit gerunzelter Stirne ging
Er auf dem Bahnhof von Feldafing
Hin und her.
Und stehend, stolz und schulterbreit
Fuhr er dann zwei Stationen weit.
Die Kinder bestaunten ihn sehr.

Doch ehe noch ein Tag verging,
Schritt er schon wieder durch Feldafing
Mit einem Rucksack schwer.
Doch weil es so stark regnete,
Daß niemand ihm begegnete,
Ärgerte er sich sehr.
Als er durch seinen Garten schritt,
Sang dort ein Vögelchen Kiwitt,
Da griff er zum Gewehr:
Puff!!!

Ein kurzes Röchelchen —
Ein kleines Löchelchen —
Dann eine Katze — und etwas später:
Ein kleines Knöchelchen
Und eine Feder. —

Der wilde Mann von Feldafing.

Turnermarsch

(Melodie: Leise flehen meine Lieder)

Schlagt die Pauken und Trompeten,
Turner in die Bahn!
Turnersprache laßt uns reden.
Vivat Vater Felix Dahn!
Laßt uns im Gleichschritt aufmarschieren,
Ein stolzes Regiment.
Laß die Fanfaren tremulieren!
Faltet die Fahnen ent!

Die harte Brust dem Wetter darzubieten,
Reißt die germanische Lodenjoppe auf!
Kommet zu Hauf!
Wir wollen uns im friedlichen Wettkampf üben.

Braust drei Hepp-hepps und drei Hurras
Um die deutschen Eichenbäume!
Trinkt auf das Wohl der deutschen Frauen ein Glas,
Daß es das ganze Vaterland durchschäume.
Heil! Umschlingt euch mit Herz und Hand,
Ihr Brüder aus Nord-, Süd- und Mitteldeutschland!
Daß einst um eure Urne
Eine gleiche Generation turne.

Am Barren

(Alla donna tedesca)

Deutsche Frau, dich ruft der Barrn,
Denn dies trauliche Geländer

Fördert nicht nur Hirn und Harn,
Sondern auch die Muskelbänder,
Unterleib und Oberlippe.
Sollst, das Hüftgelenk zu stählen,
Dich im Knickstütz ihm vermählen.
Deutsches Weib, komm: Kippe, Kippe!

Deutsche Frau, nun laß dich wieder
Ellengriffs im Schwimmhang nieder.
So, nun Hackenschluß! Und schwinge!
Schwinge! Hurtig rum den Leib!
Oh, es gibt noch wundervolle
Dinge. Rolle vorwärts! Rolle!
Rolle rückwärts, deutsches Weib!

Deutsche Jungfrau, weg das Armband!
In die Hose! Aus dem Rocke!
Aus dem Streckstütz in den Armstand,
Nun die Flanke. Sehr gut! Danke!
Deutsches Mädchen — Hocke, Hocke!

Mußt dich keck emanzipieren
Und mit kindlichem „Ätsch-Ätsche"
Über Männer triumphieren,
Mußt wie Bombe und Kartätsche
Deine Kräfte demonstrieren.
Deutsches Mädchen — Grätsche! Grätsche!

Freiübungen

(Grundstellung)

Wenn eine Frau in uns Begierden weckt
Und diese Frau hat schon ihr Herz vergeben,
Dann (Arme vorwärts streckt!)
Dann ist es ratsam, daß man sich versteckt.
Denn später (langsam auf den Fersen heben!).

Denn später wird uns ein Gefühl umschweben.
Das von Familiensinn und guten Eltern zeugt.
(Arme beugt!)
Denn was die Frau an einem Manne reizt,
(Hüften fest — Beine spreizt! — Grundstellung)
Ist Ehrbarkeit. Nur die hat wahren Wert,
Auch auf die Dauer (Ganze Abteilung kehrt!).
Das ist von beiden Teilen der begehrtste,
Von dem man sagt: (Rumpfbeuge) Das ist der allerwertste.

Fußball

(nebst Abart und Ausartung)

Der Fußballwahn ist eine Krank-
Heit, aber selten, Gott sei Dank.
Ich kenne wen, der litt akut
An Fußballwahn und Fußballwut.
Sowie er einen Gegenstand
In Kugelform und ähnlich fand,
So trat er zu und stieß mit Kraft
Ihn in die bunte Nachbarschaft.
Ob es ein Schwalbennest, ein Tiegel,
Ein Käse, Globus oder Igel,
Ein Krug, ein Schmuckwerk am Altar,
Ein Kegelball, ein Kissen war,
Und wem der Gegenstand gehörte,
Das war etwas, was ihn nicht störte.
Bald trieb er eine Schweineblase,
Bald steife Hüte durch die Straße.
Dann wieder mit geübtem Schwung
Stieß er den Fuß in Pferdedung.
Mit Schwamm und Seife trieb er Sport.
Die Lampenkuppel brach sofort.
Das Nachtgeschirr flog zielbewußt

Der Tante Berta an die Brust.
Kein Abwehrmittel wollte nützen,
Nicht Stacheldraht in Stiefelspitzen,
Noch Puffer außen angebracht.
Er siegte immer, 0 zu 8.
Und übte weiter frisch, fromm, frei
Mit Totenkopf und Straußenei.
Erschreckt durch seine wilden Stöße,
Gab man ihm nie Kartoffelklöße.
Selbst vor dem Podex und den Brüsten
Der Frau ergriff ihn ein Gelüsten,
Was er jedoch als Mann von Stand
Aus Höflichkeit meist überwand.
Dagegen gab ein Schwartenmagen
Dem Fleischer Anlaß zum Verklagen.
Was beim Gemüsemarkt geschah,
Kommt einer Schlacht bei Leipzig nah.
Da schwirrten Äpfel, Apfelsinen
Durch Publikum wie wilde Bienen.
Da sah man Blutorangen, Zwetschen
An blassen Wangen sich zerquetschen.
Das Eigelb überzog die Leiber,
Ein Fischkorb platzte zwischen Weiber.
Kartoffeln spritzten und Zitronen.
Man duckte sich vor den Melonen.
Dem Krautkopf folgten Kürbisschüsse.
Dann donnerten die Kokosnüsse.
Genug! Als alles dies getan,
Griff unser Held zum Größenwahn.
Schon schäkernd mit der U-Bootsmine
Besann er sich auf die Lawine.
Doch als pompöser Fußballstößer
Fand er die Erde noch viel größer.
Er rang mit mancherlei Problemen.

Zunächst: Wie soll man Anlauf nehmen?
Dann schiffte er von dem Balkon
Sich ein in einem Luftballon.
Und blieb von da an in der Luft,
Verschollen. Hat sich selbst verpufft. –
Ich warne euch, ihr Brüder Jahns.
Vor dem Gebrauch des Fußballwahns!

Boxkampf

Bums! – Kock, Canada: – Bums!
Käsow aus Moskau: Puff! puff!
Kock der Canadier: – Plumps!
Richtet sich abermals uff.
Ob dann der Käsow den Kock haut,
Oder ob er das vollzieht,
Ob es im Bauchstoß, im Knock-out
Oder von seitwärts geschieht –
Kurz: Es verlaufen die heit'ren
Stunden wie Kinderpipi.
Sparen wir daher die weit'ren
Termini technici.
Und es endet zuletzt
Reizvoll, wie es beginnt:
Kock wird tödlich verletzt.
Käsow aber gewinnt.
Leiche von Kock wird bedeckt.
Saal wird langsam geräumt.
Käsow bespült sich mit Sekt.
Leiche aus Canada träumt:
  Boxkampf –
  Boxer –
  Boxen –
  Boxel –
  Boxkalf –

Boxtrott –
Boxtail –
Boxbeutel.

Zum Wegräumen der Geräte

Veterinär, gleichzeitig Veteran,
Ein Mann, der 92 Jahre zählte,
Daß man zuletzt ihn aus Gewohnheit wählte,
Und trotzdem biegsam, schmiegsam wie ein Schwan.
Das war – trotz eines halbgelähmten Beines –
Der Ehrenvorstand unsres Turnvereines.
Und wirklich nahm er's noch im Dauerlauf
Und Schleuderball mit jedem Rennpferd auf.

Wettläufer sah ich — nun Gott weiß wieviel,
Doch ihrer keiner hielt wohl mit der gleichen
Bescheidenheit gelassen vor dem Ziel.
Denn niemand konnte ihm das Wasser reichen.
Dann griff er abseits zum Pokal. Und Hei!
Wie Donner klang sein Frisch-Fromm-Fröhlich-Frei.
Wie sich sein Vollbart, den er gern sich wischte,
Nach einem 80-cm-Sprung
Mit Kokosfasern einer Matte mischte,
Das bleibt mir ewig in Erinnerung.
Im Springen konnte überhaupt dem Alten
Zuletzt wohl keiner mehr die Stange halten.

Einmal, nach dem Genuß von sehr viel Weißwein,
Verstauchte er beim Spaltsitz auf dem Reck
Ganz unvermutet plötzlich sich das Steißbein.
Er aber wich und wankte nicht vom Fleck.
Im Gegenteil, er brach, um uns zu necken,
Sich noch den Sitzknorren der Sitzbeine am Becken.

Er turnte gern der Jugend etwas vor
Und mühte sich vor Buben oder Mädeln,

Die Beine in die Ringe einzufädeln,
Wobei er niemals die Geduld verlor.
Dann staunte ehrfurchtsvoll solch junges Ding,
Wenn er wie Christbaumschmuck im Nesthang hing.

Denn was ein Nesthängchen werden will,
krümmt sich beizeiten.

Bumerang

War einmal ein Bumerang;
War ein Weniges zu lang.
Bumerang flog ein Stück,
Aber kam nicht mehr zurück.
Publikum — noch stundenlang —
Wartete auf Bumerang.

Mein harmlos Lied

In einem Untertäßchen
Voll Schnee und Rosenlikör
Erwachte das kleine Prinzeßchen.

Noch ganz verschlafen und ohne Gehör
Gewahrte sie mit Erröten
Auf ihren niedlichen Brüsten
Sechsundvierzig breite Warzenkröten,
Die sich gegenseitig auf den Podex küßten.
Und schrie, als sie sowas erblickte:
„Pfui Keks!“ Woran sie erstickte.

Und nun ist in jeder Zeitung zu lesen:
Sie sei ein großer Schweinigel gewesen.

Überall

Überall ist Wunderland.
Überall ist Leben.
Bei meiner Tante im Strumpfenband

Wie irgendwo daneben.
Überall ist Dunkelheit.
Kinder werden Väter.
Fünf Minuten später
Stirbt sich was für einige Zeit.
Überall ist Ewigkeit.

Wenn du einen Schneck behauchst,
Schrumpft er ins Gehäuse,
Wenn du ihn in Kognak tauchst,
Sieht er weiße Mäuse.

Alte Winkelmauer

Alte Mauer, die ich oft benässe,
Weil's dort dunkel ist.
Himmlisches Gefunkel ist
In deiner Blässe.

Pilz und Feuchtigkeiten
Und der Wetterschliff der Zeiten
Gaben deiner Haut
Wogende Gesichter,
Die nur ein Dichter
Oder ein Künstler
Oder Nureiner schaut.

„Können wir uns wehren?"
Fragt's aus dir mild.
Ach, kein Buch, kein Bild
Wird mich so belehren.

Was ich an dir schaute,
Etwas davon blieb
Immer. Nie vertraute
Mauer. Dich hab' ich lieb.

Weil du gar nicht predigst.
Weil du nichts erledigst.
Weil du gar nicht willst sein.
Weil mir deine Flecken
Ahnungen erwecken.
Du, eines Schattens Schein.

Nichts davon wissen
Die, die sonst hier pissen,
Doch mir winkt es: Komm!
Seit ich dich gefunden,
Macht mich für Sekunden
Meine Notdurft an dir fromm.

Genau besehn

Wenn man das zierlichste Näschen
Von seiner liebsten Braut
Durch ein Vergrößerungsgläschen
Näher beschaut,
Dann zeigen sich haarige Berge,
Daß einem graut.

Ehrgeiz

Ich habe meinen Soldaten aus Blei
Als Kind Verdienstkreuzchen eingeritzt.
Mir selber ging alle Ehre vorbei,
Bis auf zwei Orden, die jeder besitzt.

Und ich pfeife durchaus nicht auf Ehre.
Im Gegenteil. Mein Ideal wäre,
Daß man nach meinem Tod (grano salis)
Ein Gäßchen nach mir benennt, ein ganz schmales
Und krummes Gäßchen, mit niedrigen Türchen,

Mit steilen Treppchen und feilen Hürchen,
Mit Schatten und schiefen Fensterluken.

Dort würde ich spuken.

Noctambulatio

Sie drückten sich schon beizeiten
Fort aus dem Tanzlokal
Und suchten zu beiden Seiten
Der Straße das Gast- und Logierhaus Continental.

So dringlich: Man hätte können glauben,
Er triebe sie vorwärts wie ein Rind.
Und doch handelten beide im besten Glauben.
Er wollte ihr nur die Unschuld rauben.
Sie wollte partout von ihm ein Kind.

Da geschah es, etwa am Halleschen Tor,
Daß Frieda über dem Knutschen und Schmusen
Aus ihrem hitzig gekitzelten Busen
Eine zertanzte, verdrückte Rose verlor.

Und ein sehr feiner Herr, dessen Eleganz
Nicht so rumtoben tut, folgte den beiden.
Jedoch hielt er sich vornehm bescheiden
Immer in einer gewissen Distanz.

Er wollte ursprünglich zum Bierhaus Siechen.
Aber nun hemmte er seinen Lauf,
Zog die Handschuh aus, hob die Rose auf
Und begann langsam daran zu riechen.

Er wünschte aber keinen Augenblicksgenuß;
Deshalb stieg er mit der Rose in den Omnibus.
Derweilen war Frieda mit ihrem Soldaten
Auf einen Kinderspielplatz geraten.

Dort merkten sie nicht, wie die Nacht verstrich,
Und daß ein unruhiger Mann mit einem Spaten
Sie dauernd beschlich.

Als sich nach längerem Aufenthalt
Das Paar in der Richtung zur Gasanstalt
Mit kurzen, trippelnden Schritten verlor,

Sprang der unruhige Mann plötzlich hervor.
Und fing an, eine Stelle, wo er im Sand
Die Spur von Friedas Stiefelchen fand,
Mit seinem Spaten herauszuheben.
Worauf er behutsam mit zitternder Hand
Die feuchte Form in ein Sacktuch band,
Um sich dann leichenblaß heimzubegeben.

Wie um das dümmste Mädchen
Sich sonderbare Fädchen
Nachts durch die Straßen ziehn —
Die Dichter und die Maler
Und auch die Kriminaler,
Die kennen ihr Berlin.

Lied aus einem Berliner Droschkenfenster

Auf dem Asphalt das Blut und das verspritzte Gehirn
Verlaufen in zierlichen Fädchen.
Ein Fädchen kann sein aus Seide oder Zwirn.
Damit nähen und sticken die Mädchen.

Sie nähen einen Saum, und sie sticken ein „B"
In ein seifensteifes Unterhöschen.
Im Kielwasser eines Dampfers auf See
Ersäuft ein vertrocknetes Röschen.

Mein Onkel im Rostocker Rathaus erschrickt
Über eine sich lösende Tapete.

Der hat einmal eine Sternschnuppe erblickt,
Die sah aus wie eine Rakete.

Wenn der Gaul sich auf dem Spittelmarkt mal
hinlegen will,
Na, dann soll man das dem Vieh auch nicht verwehren.
Nee, dann trink ich meinen Gilka. Und belausche dabei still,
Wie die Wanzen sich im Polstersamt vermehren.

Wenn ich allein bin

Wenn ich allein bin, werden meine Ohren lang,
Meine, meine Pulse horchen bang
Auf queres Kreischen, sterbenden Gesang
Und all die Stimmen scheeler Leere.

Wenn ich allein bin, leck ich meine Träne.

Wenn ich allein bin, bohrt sich meine Schere,
Die Nagelschere in die Zähne;
Sielt höhnisch träge sich herum die Zeit. —
Der Tropfen hängt. — Der Zeiger steht. —

Einmal des Monats steigt ein Postpaket
Aufrüherisch in meine Einsamkeit.
So sendet aus Meran die Tante Liese
Mir tausend fromme, aufmerksame Grüße;
Ein' jeden einzeln sauber einpapiert,
Mit Schleifchen und mit Fichtengrün garniert,
Vierblätterklee und anderm Blumenschmuck —
Ich aber rupfe das Gemüse
Heraus mit einem scharfen Ruck,
Zerknülle flüchtig überfühlend
Den Alles-Gute-Wünsche-Brief
Und fische giftig tauchend, wühlend,
Aus all den Knittern und Rosetten

Das einzige, was positiv:
Zwei Mark für Zigaretten.
Die Bilder meiner Stube hängen schief.
In meiner Stube dünsten kalte Betten.

Und meine Hoffart kuscht sich. Wie ein Falter
Sich ängstlich einzwängt in die Borkenrinde.

Wenn ich allein bin, dreht mein Federhalter
Schwarzbraunen Honig aus dem Ohrgewinde.

Bin ich allein: Starb, wie ein Hund verreckt,
Hat mich ein fremdes Weib mit ihren Schleiern
Aus Mitleid oder Ekel zugedeckt.
Doch durch die Maschen seh ich Feste feiern,
Die mich vergaßen über junger Lust. —

Ich reiße auseinander meine Brust
Und lasse steigen all die Vögel, die
Ich eingekerkert, grausam dort gefangen,
Ein Leben lang gefangenhielt, und nie
Besaß. Und die mir niemals sangen.
Wenn ich allein bin, pups ich lauten Wind.
Und bete laut. Und bin ein uralt Kind.
Wenn ich —

Worte eines durchfallkranken Stellungslosen in einen Waschkübel gesprochen

Bloß weil ich nicht aus Preußen gebürtig.
Wo hab' ich nur den Impfschein verloren?
Das lange Warten auf den Korridoren,
Das ist so un-, so unwürdig.
Wären wenigstens meine Haare geschoren.
Und den Durchfall habe ich auch.
Das geht mitten im Gespräch plötzlich eiskalt
aus dem Bauch.

Als mich Miß Hedwin erkannte und rief,
Die hab' ich vor Jahren, in Genf, einmal — versetzt.
Nun sind meine Absätze schief.
Und sie trug ein Reitkleid und fütterte Kücken.
Aber ich darf mich nicht bücken.
Denn meine — ach mein ganzes Herz ist zerfetzt.

Ob ich gespeist habe?
Ob mir die Hecke gefiele?
Ja ich habe — gespeist. — (In Genf!
Und zuletzt, vor drei Tagen, Semmel mit Senf)
Und mich können alle Hecken
Am Asche—.

Vergessen sei Genf, vergessen die ganze Schweiz!
Dürfte ich nur noch einmal in Seifhennersdorf oder Zeitz
Steine klopfen.
Ach! — ich möchte jenem verdammten
Stellenvermittlungsbeamten
Siebzehn Legitimationspapiere meines Großvaters
mütterlicherseits
In den Rachen stopfen!

Auch hat mich vorübergehend durchzuckt:
Ich wollte sterben nach einer grellen Raketentat.
Ich habe Lysol und einen Drillbohrer
verschluckt.
Ich sandte ein Kuvert an den Hamburger Senat;
In das Kuvert hatte ich kräftig gespuckt.

Aber niemand glaubt an den Dreck.
Nun ist meine Seife weg;
Irgend jemand stöbert in meinen Taschen. —

Ich kann mir doch nicht
Das Gesicht
Mit einem Bouillonwürfel waschen?

Nun warte ich auf gigantisches Weltgeschehn.
Wenn's mich — zusammen mit den andern — zerfleischt,
Wenn das Sterben der anderen, Glücklichen mich umkreischt,
— Dann —
Dann will ich mir eine Zigarette drehn!

Das Geseires einer Aftermieterin

Meine Stellung hatte ich verloren,
Weil ich meinem Chef zu häßlich bin.
Und nun habe ich ein Mädchen geboren,
Wo keinen Vater hat, und kein Kinn.

Als mein Vormund sich erhängte,
Besaß ich noch das Kreppdischingewand,
Was ich später der Anni schenkte.
Die war Masseuse in Helgoland.

Aber der bin ich nun böse.
Denn die ließ mich im Stich.
Und die ist gar keine Masseuse,
Sondern geht auf den—.

Mir ist nichts nachzusagen.
Ich habe mit einem Zahnarzt verkehrt.
Der hat mich auf Händen getragen.
Doch ich habe mir selber mein Glück zerstört.

Das war im Englischen Garten.
Da gab mir's der Teufel ein,
Daß ich — um auf Gustav zu warten —
In der Nase bohrte, ich Schwein.

Gustav hat alles gesehn.
Er sagte, das sei kein Benehmen.
Was hilft es nun, mich zu schämen.
Ich möchte manchmal ins Wasser gehn.

Die Lumpensammlerin

Hält sie den Kopf gesenkt wie ein Ziegenbock,
Ihre Gemüsenase,
Ihr spitzer Höcker, ihr gestückelter Rock
Haben die gleiche farblose Drecksymphonie
Der Straße.
Mimikry.

Selbständig krabbeln ihre knöchernen Hände
Die Gosse entlang zwischen Kehricht und Schlamm,
Finden Billette, Nadeln und Horngegenstände,
Noch einen Knopf und auch einen Kamm.

Über Speichel und Rotz zittern die Finger;
Hundekötel werden wie Pferdedünger
Sachlich beiseitegeschoben.
Lumpen, Kork, Papier und Metall werden aufgehoben,
Stetig — stopf — in den Sack geschoben.

Der Sack stinkt aus seinem verbuchteten Leib.
Er hat viel spitzere Höcker.
Er ist noch ziegenböcker
Als jenes arg mürbe Weib.

Schlürfend, schweigsam schleppt sie, schleift sie die Bürde.
Wenn sie jemals niesen würde,
Was wegen Verstopfung bisher nie geschah,
Würde die gute Alte zerstäuben
Wie gepusteter Paprika. —

Und was würde übrigbleiben?
Eine Schnalle von ihrem Rock,
Sieben Stecknadeln, ein Berlock,
Vergoldet oder vernickelt.
Vielleicht auch: Vielmals eingewickelt
Und zwischen zwei fettigen Pappen:
Fünfzig, gültige, saubere blaue Lappen.

Irgendwo würde ein Stall erbrochen,
Fände man sortiert, gestapelt, gebündelt, umschnürt
Lumpen, Stanniol, Strumpfenbänder und Knochen.

Was hat die Hexe für ein Leben geführt?
Vielleicht hat sie Lateinisch gesprochen.
Vielleicht hat einst eine Zofe sie manikürt.
Vielleicht ist sie vor tausend Jahren als Spulwurm
Durch das Gedärm eines Marsbewohners gekrochen.

Die Riesendame der Oktoberwiese

Die Zeltwand spaltete sich weit,
Und eine ungeheure Glocke wuchtete
Herein. „Emmy, das größte Wunder unsrer Zeit!"
Dort, wo der Hängerock am Halse buchtete,
Dort bot sich triefenden Quartanerlüsten
Die Lavamasse von älpinen Brüsten,
Die majestätisch auseinanderfloß.
„Emmy, der weibliche Koloß."
Hilflose Vorderschinken hingen
Herunter, die in Würstchen übergingen.
Und als sie langsam wendete: — Oho! —
Da zeigte sich der Vollbegriff Popo
In schweren erzgegoßnen Wolkenmassen.
„Nicht anfassen!"
Und flüchtig unter hochgerafften Segeln
Sah man der Oberschenkel Säulenpracht.
Da war es aus. Da wurde gell gelacht.
Ich wußte jeden Witz zu überflegeln,
Und jeder Beifall stärkte meinen Schwung.
Die Dicke schwieg. Ich gab die Vorstellung.

Besonders lachten selbst recht runde Leute.
Ich wartete, bis sich das Volk zerstreute.

Nacht war es worden. Emmy ließ sich dort,
Wo sie gestanden, dumpf zum Nachtmahl nieder.
Sie schlang mit Gier, doch regte kaum die Glieder.
„Sag, Emmy, würdest du ein gutes Wort,
Das keinen Witz und keine Neugier hat,
Von einem, der dich tief betrauert, hören?"
Sie sah nicht auf. Sie nickte kurz und matt:
„Nur zu! Beim Essen kann mich gar nichts stören!"

„Emmy! Du armes Wunderwerk der Zeit!
Du trittst dich selbst mit ordinären Reden,
Mit eingelerntem hohlen Vortrag breit.
Du läßt die schlimme Masse deines Fettes
Von jedem Buben, jeder Dirne kneten.
Man kann den Scherz vom Umfang deines Bettes,
Der Badewanne bis zum Ekel spinnen.
Und so tat ich. Und konnte nicht von hinnen.
Ich dachte mich beschämt in dich hinein.
Es müßte doch in dir, in deinem Leben
Sich irgendwo das Schmerzgefühl ergeben:
Ein Dasein lang nicht Mensch noch Tier zu sein!"
Hier hielt ich inne, dachte zaghaft nach.
Bis ein Geräusch am Eingang unterbrach.
Es nahte sich mit wohlgebornen Schritten
Der Elefant vom Nachbarzelt
Und sagte: „Emmy, schwerste Frau der Welt,
Darf ich um einen kleinen Beischlaf bitten?"

Diskret entweichend konnte ich noch hören:
„Nur zu! Beim Essen kann mich gar nichts stören."

Hong-Kong

Ich erhielt heute deinen beleidigten Brief.
Deine Nachschnüffeleien kränken mich tief.

Und erstens ist Tay-Fi kein Frauenzimmer,
Dann zweitens treiben es andre viel schlimmer,
Und drittens hab' ich — parteilos betrachtet —
Zwar mit ihr in einem gemeinsamen Zimmer
Im Grand Hotel Discrétion übernachtet,
Doch war überhaupt nur dies Zimmer noch frei,
Und wie die Betten zunander standen,
(Vergleiche die kleine Skizze anbei)
Ist gar kein Grund zu Verdächten vorhanden. —
Im übrigen weißt du: Ich liebe dich sehr.
So lange von dir getrennt zu sein,
Erträgt aber niemand. Ich bin doch kein Stein,
Und ich brauche — ganz schroff gesagt: mehr Verkehr.
Alle Männer, auch Frauen, ganz nebenher
Gesagt, alle Völker brauchen dasselbe!
Und diese blöde, luetische, gelbe
Chinesin kommt ernstlich doch nicht in Betracht.
Wir haben uns halt mal per Zufall gefunden
Und ein paar anregende Stunden verbracht.
Man kann doch nicht ewig die ausgeschwätzte
Gleiche Gesellschaft und Gegend erleben.

Wenn man alle Münchner nach Preußen versetzte
Und umgekehrt. Und auch andererseits,
Etwa die Fakire nach der Schweiz. —
Was würde das Perspektiven ergeben! —
Wollen doch nicht am Alltäglichen kleben.
Großzügig sein! Also zürne nicht mehr. —
Du weißt, welche Zeit Dein Brief bis hierher
Bei dem miserablichten Dampferverkehr
Gebraucht, und wie lange es wiederum währt,
Bis du endlich meine Rückantwort liest.
Und dann — und ich habe das eben beniest —
Ist doch die ganze Affäre verjährt.

Vom Seemann Kuttel Daddeldu

Eine Bark lief ein in Le Haver,
Von Sidnee kommend, nachts elf Uhr drei.
Es roch nach Himbeeressig am Kai,
Und nach Hundekadaver.

Kuttel Daddeldu ging an Land.
Die Rü Albani war ihm bekannt.
Er kannte nahezu alle Hafenplätze.

Weil vor dem ersten Hause ein Mädchen stand,
Holte er sich im ersten Haus von dem Mädchen die Krätze.

Weil er das aber natürlich nicht gleich empfand,
Ging er weiter — kreuzte topplastig auf wilder Fahrt.
Achtzehn Monate Heuer hatte er sich zusammengespart.

In Nr. 6 traktierte er Eiwie und Kätchen,
In 8 besoff ihn ein neues, straff lederbusiges Weib.
Nebenan bei Pierre sind allein sieben gediegene Mädchen,
Ohne die mit dem Zelluloid-Unterleib.

Daddeldu, the old Seelerbeu Kuttel,
Verschenkte den Albatrosknochen,
Das Haifischrückgrat, die Schals,
Den Elefanten und die Saragossabuttel.
Das hatte er eigentlich alles der Mary versprochen,
Der anderen Mary; das war seine feste Braut.

Daddeldu — Hallo! Daddeldu,
Daddeldu wurde fröhlich und laut.

Er wollte mit höchster Verzerrung seines Gesichts
Partu einen Niggersong singen
Und „Blu beus blu".
Aber es entrang sich ihm nichts.

Daddeldu war nicht auf die Wache zu bringen.
Daddeldu Duddel Kuttelmuttel, Katteldu

Erwachte erstaunt und singend morgens um vier
Zwischen Nasenbluten und Pomm de Schwall auf der Pier.

Daddeldu bedrohte zwecks Vorschuß den Steuermann,
Schwitzte den Spiritus aus. Und wusch sich dann.

Daddeldu ging nachmittags wieder an Land,
Wo er ein Renntiergeweih, eine Schlangenhaut,
Zwei Fächerpalmen und Eskimoschuhe erstand.
Das brachte er aus Australien seiner Braut.

Kuttel Daddeldu
und die Kinder

Wie Daddeldu so durch die Welten schifft,
Geschieht es wohl, daß er hie und da
Eins oder das andre von seinen Kindern trifft,
Die begrüßen dann ihren Europapa:
„Gud morning! Sdrastwuide! — Bong Jur, Daddeldü!
Bon tscherno! Ok phosphor! Tsching — tschung! Bablabü!"
Und Daddeldu dankt erstaunt und gerührt
Und senkt die Hand in die Hosentasche
Und schenkt ihnen, was er so bei sich führt,
— — Whiskyflasche,
Zündhölzer, Opium, türkischen Knaster,
Revolverpatronen und Schweinsbeulenpflaster,
Gibt jedem zwei Dollar und lächelt: „Ei, ei!"
Und nochmals: „Ei, Ei!" — Und verschwindet dabei.

Aber Kindern von deutschen und dänischen Witwen
Pflegt er sich intensiver zu widmen.
Die weiß er dann mit den seltensten Stücken
Aus allen Ländern der Welt zu beglücken.
Elefantenzähne — Kamerun,
Mit Kognak begoßnes malaiisches Huhn,
Aus Friedrichroda ein Straußenei,
Aus Tibet einen Roman von Karl May,

Einen Eskimoschlips aus Giraffenhaar,
Auch ein Stückchen versteinertes Dromedar.

Und dann spielt der poltrige Daddeldu
Verstecken, Stierkampf und Blindekuh,
Markiert einen leprakranken Schimpansen,
Lehrt seine Kinderchen Bauchtanz tanzen
Und Schiffchen schnitzen und Tabak kauen.
Und manchmal, in Abwesenheit älterer Frauen,
Tätowiert er den strampelnden Kleinchen
Anker und Kreuze auf Ärmchen und Beinchen.

Später packt er sich sechs auf den Schoß
Und läßt sich nicht lange quälen,
Sondern legt los:
Grog saufen und dabei Märchen erzählen;
Von seinem Schiffbruch bei Helgoland,
Wo eine Woge ihn an den Strand
Auf eine Korallenspitze trieb,
Wo er dann händeringend hängenblieb.
Und hatte nichts zu fressen und saufen;
Nicht mal, wenn er gewollt hätte, einen Tropfen Trinkwasser, um seine Lippen zu benetzen,
Und kein Geld, keine Uhr zum Versetzen.
Außerdem war da gar nichts zu kaufen;
Denn dort gab's nur Löwen mit Schlangenleiber,
Sonst weder keine Menschen als auch keine Weiber.
Und er hätte gerade so gern einmal wieder
Ein kerniges Hamburger Weibstück besucht.
Und da kniete Kuttel nach Osten zu nieder.
Und als er zum drittenmal rückwärts geflucht,
Da nahte sich plötzlich der Vogel Greif,
Und Daddeldu sagte: „Ei wont ä weif."
Und der Vogel Greif trug ihn schnell
Bald in dies Bordell, bald in jenes Bordell
Und schenkte ihm Schlackwurst und Schnaps und so weiter.

So erzählt Kuttel Daddeldu heiter, —
Märchen, die er ganz selber erfunden.
Und säuft. — Es verfließen die Stunden.
Die Kinder weinen. Die Märchen lallen.
Die Mutter ist längst untern Tisch gefallen,
Und Kuttel — bemüht, sie aufzuheben —
Hat sich schon zweimal dabei übergeben.
Und um die Ruhe nicht länger zu stören,
Verläßt er leise Mutter und Göhren.

Denkt aber noch tagelang hinter Sizilien
An die traulichen Stunden in seinen Familien.

Ansprache eines Fremden an eine Geschminkte vor dem Wilberforcemonument

Guten Abend, schöne Unbekannte! Es ist nachts halb zehn.
Würden Sie liebenswürdigerweise mit mir schlafen gehn?
Wer ich bin? — Sie meinen, wie ich heiße?

Liebes Kind, ich werde Sie belügen,
Denn ich schenke dir drei Pfund.
Denn ich küsse niemals auf den Mund.
Von uns beiden bin ich der Gescheitre.
Doch du darfst mich um drei weitre
Pfund betrügen.

Glaube mir, liebes Kind:
Wenn man einmal in Sansibar
Und in Tirol und im Gefängnis und in Kalkutta war,
Dann merkt man erst, daß man nicht weiß, wie sonderbar
Die Menschen sind.

Deine Ehre, zum Beispiel, ist nicht dasselbe
Wie bei Peter dem Großen L'honneur. —
Übrigens war ich — (Schenk mir das gelbe
Band!) — in Altona an der Elbe
Schaufensterdekorateur. —

Hast du das Tuten gehört?
Das ist Wilson Line.

Wie? Ich sei angetrunken? O nein, nein! Nein!
Ich bin völlig besoffen und hundsgefährlich geistesgestört.
Aber sechs Pfund sind immer ein Risiko wert.
Wie du mißtrauisch neben mir gehst!
Wart nur, ich erzähle dir schnurrige Sachen.
Ich weiß: Du wirst lachen.
Ich weiß: Daß sie dich auch traurig machen.
Obwohl du sie gar nicht verstehst.

Und auch ich —
Du wirst mir vertrauen — später, in Hose und Hemd.
Mädchen wie du haben mir immer vertraut.

Ich bin etwas schief ins Leben gebaut.
Wo mir alles rätselvoll ist und fremd,
Da wohnt meine Mutter. — Quatsch! Ich bitte
dich: Sei recht laut!

Ich bin eine alte Kommode.
Oft mit Tinte oder Rotwein begossen;
Manchmal mit Fußtritten geschlossen.
Der wird kichern, der nach meinem Tode
Mein Geheimfach entdeckt. —
Ach Kind, wenn du ahntest, wie Kunitzburger
Eierkuchen schmeckt!

Das ist nun kein richtiger Scherz.
Ich bin auch nicht richtig froh.
Ich habe auch kein richtiges Herz.
Ich bin nur ein kleiner, unanständiger Schalk.
Mein richtiges Herz. Das ist anderwärts, irgendwo
Im Muschelkalk.

Land in Sicht

Kameraden, vorbei ist das Fasten,
Ich sehe den Leuchtturm durchs Glas.

Schon flattern um unsere Masten
Die Möwen. Im Wasser schwimmt Gras.

Schon steigen die Türme vom Hafen
Wie Kräuterkäse grün aus dem Grau.
Old sailorboys, heute nacht schlafen
Wir alle an Land bei der Frau.

Vielleicht noch tanzen wir heute
Und saufen, soviel uns behagt.
Wir haben als Fahrensleute
Solang dem Vergnügen entsagt.

Hei ho! Macht euch sauber, Matrosen!
Bald tritt auf den Kampfplatz der Stier.
Die besten Hemden und Hosen
Warten steif auf die Mädchen auf dem Pier.

Schon seh' ich die Tücher sie schwenken.
Denn jeder von uns ist ein Held
Und naht sich mit Auslandsgeschenken.
Hei ho! Heut' abend rollt Geld!

An Land, die Whiskyberauschten

Wir sind betrunken wie die Wellen
Im Stillen Ozean.
Das hat uns armen Gesellen
Der Whisky angetan.

Wir glotzen in das Leben
Wie ein gekochter Fisch.
Wenn wir uns jetzt erheben,
Liegen wir unter dem Tisch.

So bleiben wir besser noch sitzen
Und trinken immer noch mehr.
Und unsere Nasen schwitzen
Sehr.

Wir wollen alle alle nur noch lallen
Und brüllen wie ein Rind,
Daß wir den Leuten gefallen,
Die nüchtern sind.

Ehemaliger Seemann

Gestern hab ich mitten zwischen Witzen,
Unter trunknen Weibern, geilen Fritzen
Allen Einklang plötzlich durchgebrochen
Und — es gab sich so — gut über Gott gesprochen.

Heute stach die Post in unsre Not,
Brachte mehr Geld, als ich sehr sehr brauchte.
Unser Schornstein rauchte,
Und der Bäcker neigte sich devot.
Wurst und Butter hüpften frech aufs Brot.
Alles war mit Dankbarkeit getrüffelt.
Abends zechten wir im Freien.

Wäre — als wir singend, uns umschlingend, angesüffelt
Nachts heimkehrten — hinter uns, uns zweien,
Ein derzeit Bedrückter hergeschlichen,
Hätte sein und unser Los verglichen
Und gedacht, wie reich und hart wir seien —

Ach, ich möchte einmal wieder
Als Matrose im Atlantik kreuzen,
Um mein Herz und meine Lieder
In die wilden Wetter auszuschneuzen.

Rheinkähne

Den Rhein durchgleiten die großen
Kähne. Breit und flach.
Es sitzen zwei Badehosen
Auf dem hintersten Dach.

In diesen Hosen stecken
Zwei Männer, nackt und braun.
Die lieben das Tempo der Schnecken
Und schimpfen auf ihre Fraun.
Und mustern die fremden Weiber,
Die strandlängs promeniern.

Glauben doch oft nackte Leiber,
Daß sie an sich imponieren.
Wie ausgetretene Schuhe
Sind diese Kähne. Hat jeder Kahn
Solch friedlich häusliche Ruhe,
Hat keiner das Getue
Der preußischen Eisenbahn.

In jedem Kinderwagen
Am Strande rollt ein Kind.
Keins dieser Kinder wird fragen,
Was Schleppkähne sind.

Kopf hoch, mein Freund!

Laß sie nur die Köpfe hängen lassen,
Wenn die Köpfe ihre eignen sind.
Wir, wir wollen unsre Segel brassen
In den Wind.

Wir, in unserm Alter, wollen wissen,
Daß der Weg nun wieder rückwärts führt. —
Glücklich, wer den freien Drang noch spürt,
Das Getrunkne über Bord zu pissen.

Wenn die Wetter lange düster grollen,
Glücklich, wer dann trotzig lächeln kann,
Ohne Herr der Woge sein zu wollen;
Sondern nur „auf See ein Fahrensmann“.

Segelschiffe

Sie haben das mächtige Meer unterm Bauch
Und über sich Wolken und Sterne.
Sie lassen sich fahren vom himmlischen Hauch
Mit Herrenblick in die Ferne.

Sie schaukeln kokett in des Schicksals Hand
Wie trunkene Schmetterlinge.
Aber sie tragen von Land zu Land
Fürsorglich wertvolle Dinge.

Wie das im Winde liegt und sich wiegt,
Tauwebüberspannt durch die Wogen,
Da ist eine Kunst, die friedlich siegt,
Und ihr Fleiß ist nicht verlogen.

Es rauscht wie Freiheit. Es riecht wie Welt. —
Natur gewordene Planken
Sind Segelschiffe. — Ihr Anblick erhellt
Und weitet unsre Gedanken.

Der Abenteurer

„Abenteurer, wo willst du hin?“

Quer in die Gefahren,
Wo ich vor tausend Jahren
Im Traume gewesen bin.

Ich will mich treiben lassen
In Welten, die nur ein Fremder sieht.
Ich möchte erkämpfen, erfassen,
Erleben, was anders geschieht.

Ein Glück ist niemals erreicht.
Mich lockt ein fernstes Gefunkel,
Mich lockt ein raunendes Dunkel
Ins nebelhafte Vielleicht.

Was ich zuvor besessen,
Was ich zuvor gewußt,
Das will ich verlieren, vergessen. —
Ich reise durch meine eigene Brust.

Ein ehemaliger Matrose fliegt

Ich bin einst in Seemannsjahren
Oft elbauf, elbab gefahren.
Auf der Seite, wo wir dann Stadt Altona
Sichteten, stand ich an Deck und sah.

Sah ein Haus. Vom Schornsteinruß geschminkt
Kiekt es lustig nach der Elbe hin.
Und ich wußte: Meta wohnt darin.
Wenn ich dort vorbeigefahren bin,
Hat sie mir und hab ich ihr gewinkt,
Ein Signal „Ich liebe dich".
Und ich sah sie, und sie sah auch mich.

Heute flog ich über das vertraute
Altona. Hab nicht das Haus entdeckt.
Doch ich hab die Hand hinausgestreckt,
Hab gewinkt, wie ich es einst getan.
Und ich wußte: Meta schaute,
Winkte auf nach meinem Wolkenkahn
Oder, wie sie's nennen, „Aeroplan".

Wenn man sich auch sonst von nah,
Teufel eins, viel lieber sah,
Dacht ich doch verliebt und bang
Oben dort im Wolkenhang:

Wenn ich jetzt hinunterstürze,
Fängt mich Meta in der Schürze
Auf.

Flugzeuggedanken

Dort unten ist die Erde mein
Mit Bauten und Feldern des Fleißes.
Wenn ich einmal nicht mehr werde sein,
Dann graben sie mich dort unten hinein,
Ich weiß es.

Dort unten ist viel Mühe und Not
Und wenig wahre Liebe. —
Nun stelle ich mir sekundenlang
Vor, daß ich oben hier bliebe,
Ewig, und lebte und wäre doch tot —
Oh, macht mich der Gedanke bang.

Mein Herz und mein Gewissen schlägt
Lauter als der Propeller.
Du Flugzeug, das so schnell mich trägt,
Flieg schneller!

Einsamer Spazierflug

Nun ich wie gestorben bin
Und wurde ein Engelein,
Fliege ich über dein Wohnhaus hin.
Häuschen klein.

Dic du als Witwe wieder umworben
Sein magst,
Da ich doch schon verstorben
Bin —. Was du wohl sagst?
Ob du gefaßt bist oder klagst?

Oder ob dein Humor wieder steht,
Du dessen eingedenk bist,
Daß ein aufrichtiges Gebet
Ein unterweges Selbstgeschenk ist?
Ach, wie es dir wohl geht?

Ob du dich verlassen meinst?
Ob du gar Gott verneinst,
Anstatt daß du dankbar
Bist. Wüßte ich, daß du jetzt so weinst
Wie einst, da ich krank war,
Kippte ich die Maschine kurz
Steil ab auf Sturz.

Oder sollte einem Engelein
Solch ein Kegelpurz
Verboten sein??

Flugpost-Liebesgabe

Radieschen schmeckt wie Regenwurm.
Radieschen schmeckt auf hoher See,
Auf Wache und im Regensturm
Wie Wasser und wie Pralinee.

Noch welke Blättchen grün am Rot,
Als sie das ausgegraben,
Wird sie gelächelt haben:
Radieschen auf einem Walfischboot!
Fern auf dem Eismeer Radieschen!

Mein gutes Lieschen.

Als ich zuletzt — vor einem Jahr —
Auf Urlaub mit der Liese
Auf der Oktoberwiese
In dem Aquarium war,
Da zeigte man ein Haifischei.
Durchsichtig war es fast wie Glas,
Und innen zappelte ein Hai,
Der knapp zwei Zentimeter maß.

Radieschen ist kein Säugetier,
Und Lieschen ist kein Harpunier. —

Hallo! Hallo!
He! Alle Mann an Deck! —
„Was?" — — — — — — „Wo?"
Voraus! Zwei Strich an Steuerbord! Speck!

Die Strömung

Die Strömung strömte Süd-Nord-West
Und bog sich dann im Bogen.
In ihrer Mitte kam ein Rest
Von einem Boot gezogen.

Dann kam ein Wasserleichelchen;
Es war von außen offenbar
Noch ziemlich frisch.
Dahinter trieb ein Speichelchen,
Das abgesondert war
Von einem Fisch.

Dem folgte sehr viel Kohlendreck.
Das Wasser wurde trüber.
Dann gondelte verdorbener Speck
Fischunterzupft vorüber.

Dann trieb ein Balken stumpf vorbei,
Dann nichts, dann ein Stück Dichtung,
Ein Flaschenkork und andrerlei, —
Alles in gleicher Richtung.

Dann kam ein Rest von einem Boot.
Ihm folgte eine gelbe
Chinesenleiche, stark zersetzt.
Und alles, was ich sah, war tot,
War unbedeutend und zuletzt
Im Grunde stets dasselbe.

Bremen

Hier gelt ich nix, und würde gern was gelten,
Denn diese Stadt ist echt, und echt ist selten.
Reich ist die Stadt, und schön ist ihre Haut.
Sag einer mir:
Welch Geist hat hier
Die Sankt Ansgarikirche aufgebaut?
Groß schien mir alles, was ich hier entdeckte.
Ein Riesenhummer lag in einem Laden.
Wie der die Arme eisern von sich reckte,
Als wollte er durchs Glas in Frauenwaden,
In Bremer Brüste plötzlich fassen
Und — wie wir's von den Skorpionen lesen —
Restweg im Koitus sein Leben lassen, —
Wär er nicht längst schon rot und tot gewesen.
Als ich herauskam aus dem Keller, wo
Schon Heine saß, da sagte ich: „Oho!"
Denn auf mich sah Paul Wegener aus Stein,
Und er war groß und ich natürlich klein.
Brustwarzen hatte er an beiden Knien,
Vielleicht war's auch der Roland von Berlin.
Und als ich, wie um eine spanische Wand
Mich schlängelnd, eine seltsam leere
Doch wohlgepflegte Villengasse fand
Und darin viel verlorene Ehre,
Stand dort ein Dacharbeiter.
Den fragt ich so ganz nebenbei:
Ob er wohl ein Senator sei?
Da ging er lächelnd weiter.

Hamburg

Das Hafenleid — die Alsterdiamanten —
Das sind für mich so fertige Begriffe,

Da fallen Zahlen um die großen Schiffe,
Wenn ich begönnert aber mißverstanden
Zwischen den Reedern sitze an der Bar,
Die scheinbar nur um Whiskysoda knobeln.
Indessen denk ich immer vor den nobeln
Kaufherren an mein schlechtgekämmtes Haar.

Dann die, die aus den Schiffen sich verstreuen:
Unangenehme, plumpe Wunderlinge,
Sie schenken bluterlebte Wunderdinge
Und wollen nichts, als sich mit andern freuen.
Wie sie das erste beste runter gießen,
So gierig wie die weißen Hafenraben — — —
Muß man den Schlüssel selbst erschmiedet haben,
Um ihre seltnen Märchen zu erschließen.

Und alles kenn' ich: Backbord, Luv und Lee,
Das „Rundstück warm", die Segel und die Lichter,
Die hellen abgesalzenen Gesichter.
Fuhr ich vielleicht umsonst sechs Jahr zur See!

Hier bunte Ratsherrn flatternd um die Masten,
Dort steife Flaggen, die zur Börse hasten.
Und steife Grogs, Qualm, Tabak, Nebeldunst.
Du frägst nach Kunst? ach Hummel, Hummel – Kunst!

Nachts klang zwölf Glasen — (nein, vielleicht zwölf Uhr)
Wie aus Westindien — dumpfes Dampfertuten,
Ich träumte (aber dieses lüg ich nur)
Ich träumte eben von der Tante Bur, —
Kann es wohl sein, daß Augenwimpern bluten?
Hier trink ich morgens Bier auf nüchtern Magen
Und häufe Wurst auf grobes, schwarzes Brot,
Und fühle mich so stark in jeder Not,
Ich würde mich hier schämen, je zu klagen.

Berlin

(An den Kanälen)

Auf den Bänken
An den Kanälen
Sitzen die Menschen,
Die sich verquälen.

Sausende Lichter,
Tausend Gesichter
Blitzen vorbei: Berlin.
Übers Gewässer
Nebelt Benzin...
Drunten wär's besser.

Hinter der Brücke
Flog eine Mücke
Ins Nasenloch.
Loch meiner Nase,
Nasenloch, niese doch
In die stille Straße!

Auf dem Omnibus, im Dach,
Rütteln meine Knochen,
Werden gute Worte wach,
Bleiben ungesprochen. —

Ach, da fällt mir die alte Zeitungsfrau ein —
Vanblix oder Blax soll sie heißen —
Die hat ein so seltsames Schütteln am Bein,
Daß alle Hunde sie beißen. —

An den Kanälen
Auf den dunklen Bänken
Sitzen die Menschen, die
Sich morgens ertränken.

Berlin

Dezember 1923

Guten Morgen, Liebling! Gestern nacht
Hat ein Kerl mich überfallen,
Wollte mich niederknallen,
Schrie: „Geld her!“ und schoß.
Ich habe ihm fünf auf den Schädel gekracht:
Hammer auf Am — bam — bam — bam — boß.
Das hat mein Haustürschlüssel gemacht.

Und heute starb er im Lazarett.
Was der wohl noch dachte — zuletzt — auf dem Sterbebett?

Und was soll ich denken?
Welche Mächte die Kugeln lenken —
Not und Irrtum — Notwehr und Reue—?
Ob ich lache? Ob ich mich freue,
Weil dieser Kerl danebengezielt
Mich Armen für einen Reichen hielt—?

Erfrorenes Vögelchen früh
Auf meinem Fensterbrett. —
Draußen: tut — kling — hottehüh! —

Der Großstadtverkehr. —
Da kroch ich noch einmal ins Bett.
Denn ich friere so sehr. —

Wenn ich ein Vöglein wär —
Ja schön, aber kalt ist es hier ...
Und so lange getrennt zu sein ...
Erfrorenes Vögelein —
Flög ich zu dir.

Leipzig

Die Berge sind so schön, so erhaben! —
Aber es gibt hier keine. —
Wo hier zwei Menschen sind, ist keiner alleine. —
Über manche Leute, die jemand begraben,
Lache ich beinahe mich selber zu Tode. —
Fast alle Sachsen sind sächsisch. Sie zeigen sogar,
Daß die Pariser und die Londoner Mode
Vor zwei Jahren eigentlich auch sächsisch war.
Bei deiner Großmutter bin ich gewesen.

Es tut einem weh:
Sie nagelt — die Siebzigjährige — Stiele an Besen,
Und trinkt — weil das jetzt am billigsten —
  Blutreinigungstee.
Sie hat eine alte Kommode, wertvolles, frühes Barock.
Ich klärte sie auf. Und denke dir:
Sie — unabwehrbar — schenkte sie mir,
Trug sie persönlich mir heimlich nachts ins Hotel
  in den dritten Stock.
Was nun mit ihr, was mit der Kommode machen?? —

Genug für heute. Ich bin so müde gefragt.
Es ist doch billig, über die Sachsen zu lachen.
Der müßte selber ein
(und würde kein) Sachse sein,
Der einmal recht ihre Vorzüge sagt.

Cassel

(Die Karpfen in der Wilhelmstraße 15)

Man hat sie in den Laden
In ein intimes Bassin gesetzt.
Dort dürfen sie baden.
Äußerlich etwas ausgefranst, abgewetzt —
Scheinen sie inwendig

Doch recht lebendig.
Sie murmeln Formeln wie die Zauberer,
Als würde dadurch ihr Wasser sauberer.
Sie kauen Mayonnaise stumm im Rüssel
Und träumen sich gegen den Strich rasiert,
Sodann geläutert, getötet, erwärmt und garniert
Auf eine silberne Schüssel.
Sie enden in Kommerzienräten,
Senden die witzigste von ihren Gräten
In eine falsche Kehle.
Und ich denke mir ihre Seele
Wie eine Kellerassel,
Die Kniebeuge übt. —
Ja und sonst hat mich in Cassel
Nichts weiter erregt oder betrübt.

Zürich

(An Hügin)

Frage ich mich: Führ ich
Gern ein zweites Mal dorthin
Nach (Hamburgli-) Zürich?? —
Merk ich doch, daß ich im Zweifel bin.
Ungeachtet dessen — immerhin!

Wer, wie ich, die ganze Stadt
Und die weitere Umgebung
Zwecks privater Schiller-Neubelebung
Oberhalb und unterhalb durchbummelt hat,
Der kommt aus der hohlen Gasse
Tagelang oft gar nicht mehr heraus.
Doch ist dort auch eine ganze Masse
Ernster Künstler und auch sonst zu Haus
Und vertragen sich wie Katz und Pack und Maus.

Ihnen, mir, auch anderen wahrscheinlich,
Ist die Stadt zu übertrieben reinlich.
Nirgends Pferdefrüchte auf dem Pflaster.
Nirgends Sünde, nirgends Laster.
Und die Polizei berührt uns peinlich.
In den Kneipen sah ich beim Walliser
Anfangs lauter breitgenährte Spießer,
Immer sechs um einen Patriarchen,
Und ihr Sprechen klang mir erst wie Schnarchen.
Aber bald entdeckte ich, Gott sei Dank,
Daß sie doch trotz ihrer Meistermienen,
Wachgehalten vom politschen Dreiklang,
Freier, schöner waren, als sie schienen.

Ja, sie schwimmen wirtschaftlich im Glücke,
Hamstern zentnerschwere Frankenstücke,
Zahlen winzi-niedli-kleine Rappen.

Hmm!
Das Glück geht ihnen durch die Lappen,
Und ihr Unglück hält sich fern.
Immerhin: ich würde doch sehr gern
Wieder einmal frische Luft dort schnappen.

O daß sie ewig nicht so friedlich bliebe
Die kriegverschonte, teure Schweiz!

Ich grüße Zürich einerseits und andrerseits
Und viele Freunde dort, die ich sehr lieb habe.

Frankfurt am Main

Und vieles andere: Applaus und Wein,
Freunde und Freiheit, wie es immer hieß.
Am schönsten aber, wenn ich ganz allein
In einem Winkel, der die Grüße mied,

Das taumelnd Aufgewirbelte sich setzen ließ
Und ruhig Täuschendes vom Echten schied.
Dann gingen Gott und Teufel durch die Wände;
Dann sah ich Schiffe im Polar vereist
Und sah im Waschfaß deine fleißgen Hände.
Und ob mitunter läppisch oder feist
Die Nachbarschaft mich störte oder stank,
Was ich errechnete, war immer Dank
Nebst einer Rechnung über Apfelwein. —

Um diesen Winkel, diese Stunde —
So zwischen Tageslicht und Bühnenlicht —
Mag, so wie andres anderswo, Frankfurt am Main
Um mich gewesen sein,
Das weiß ich nicht.

Aus Breslau

Ach, liebe Kollegin. Du bist es nicht mehr.
Nun bist du wirklich Bäuerin.
Und deine Koffer stehen leer.
Du glaubst nicht, wie ich hin und her
Und her und hin
Traurig und glücklich darüber bin.

Ist da Wald, wo dein Häuschen steht,
Und habt ihr eine Kuh?
Und wer melkt sie? Dein Mann oder du?
Ach das ist seit ewig und immerzu
Ein Wunsch, der auf meinem Kopfkissen steht.

Schreib mir doch alles ganz genau.
Habt ihr auch Obst und Gemüse?
Und trägst du im Stall nackte Füße?
Und eine Schürze gestreift oder blau?

Und wenn du selbst deine Vorhänge ziehst,
Dann, wenn die Sonne dich blendet.
Du trinkst nichts, was man dir spendet.
Ob du beim Melken sitzt oder kniest?

Aus Breslau über Berg und Tal
Viel Grüße dir. — Nein, euch beiden.
Und sage deinem Herrn Gemahl:
Ich wäre nicht zu beneiden.

Köln von der Bastei gesehen

Es schlägt der Leuchtturm durch die Nacht
Seine unermüdlichen Strahlen.
Es schleichen Schiffe überwacht,
Die lassen sich bezahlen.

Wie Perlenreihen und Geschmeid
Lichtern die Ufer am Rheine.
Ein Mädchen weint ihr Herzeleid
Am Kai auf steile Steine.

Sie trägt ein helles Wiesenkleid
Und steht sonst ganz im Dunkel.
Das Wasser spiegelt kein Herzeleid,
Es spiegelt nur Gefunkel.

Ich rufe schmatzend den Ober herbei.
Er will mich nicht verstehen.
Ich wünsche: Es möchte sich die Bastei
Jetzt karussellartig drehen.

Augsburg

Ich bin da im Weißen Lamm
Abgestiegen.
Leider ließ ich im Zug deinen schönen, neuen Schwamm

Liegen.
Mir bleibt nichts verschont.
Hier hat auch Goethe gewohnt —
Wollte sagen „erspart." —

Augsburg hat doch seine Art;
Besonders wenn Markt ist, und Zwiebeln, verhutzelte Weiblein
Und Butter und Gänse auf steinaltem Pflaster sich tummeln.

Dort, wo früher Hasen- und Hundemarkt war,
Schreib ich diesen Brief. Eine wunderliche
Ganz enge Kneipe — Marktleute — Kupferstiche —
Nur Schnäpse —

Verzeih, mir ist nicht ganz klar,
Aber sonderbar.
Schade nur um den herrlichen Schwamm!
Die ihn finden, die freun sich.

Auf der Reise nach Italien 1790.
Es lebe Goethe! Das Lamm! Und der Schwamm!
Ach was! Schwamm drüber! Punktum Streusand!
Prosit: es lebe Neuseeland.

Chartres

Kirchenfenster, Kirchenfenster,
Kirchenfenster, Kirchenfenst . . .
Hoch im Dachgebälk der Kathedrale
Sahen meine Freunde viel Gespenster.
Ich sah nur ein einziges, das internationale,
Ewige, gottfröhliche Gespenst,
Das nicht nur in Kathedralen
Sondern auch im Zöster und im Faust,
Auch in Püffen und in Apfelsinenschalen
Oder sonstens wo für den und jenen haust.

Der Professor, welcher im Beruf
Und bei seinen Leuten
An sehr erster, prominenter Spitze steht,
Wußte, wer das alles und wie und warum er's schuf:
Und er bat die Freunde, ihn zu bitten, uns zu deuten.
Und dann konnte er geflüssig, klar und sinnig
Steine, Formen, Farben lesen.
Und doch vor den schönen Kirchenfenstern bin ich
Damals glücklich ganz fernanderswo gewesen.
Doch dem Kirchendiener hab' ich lange
Zugeschaut — das hat mich zweitens interessiert —.
Wie der Kerl mit einer Eisenstange
Und mit einem Holzpantoffel raffiniert
Eine Maus beschlich.
Ach, die hatte sich
Scheu verirrt. — Nun mag man nicht vergessen,
Daß oft Mäuse ohne Ehrfurcht oder Scham:
Bibeln, Samt und Christusnasen fressen.
Doch ich freute mich
Ungeheuerlich,
Als die Kirchenmaus dem Kirchendiener doch entkam.

Ausflug nach Tirol

Kann man das Jodeln wohl
In meinem Alter lernen?
Nie war, wie in Tirol,
Ich derart nah den Sternen.

Ich sah vom Stripsenjoch
Drüben an steiler Wand
Leute aufs Totenkirchl kraxeln,
Wahrscheinlich Sachseln
Aus Hosenträgerland.
Aber kühn und schön war es doch.

Was ich um Hochwürden dann
Später in Sankt Johann
Sang, lebte und sprach in der „Post“,
Schmeckte wie Herz am Rost
Nach ausgegangener Hochtouristenkost.

Alm und Kuhstall, fette Weiden,
Bärenwirt und Sennerin —
Wo ich durchgegangen bin,
Schien mir alles zum Beneiden.
Nur die Wandervögel, die
Einem jede Poesie
Und den Appetit verleiden,
Mocht ich meiden.
Alle Tiroler sind
Keine Amerikaner.
Wäre ich eine Mutter mit Kind,
Ich nährte mein Kind mit Terlaner.

Im Kursalon in Kitzbühel
Da ist des Nachts der Sekt so kühel.
Ich muß die Gäste loben,
Die zur Musik dort oben
So vornehm tanzen und schweigen,
Um ja nicht mehr zu zeigen
Als ihre hochmodernen Garderoben.

Ich möchte ein wilder Gebirgsbach sein,
Klar, schäumend, rauschend und blinkend,
Unhaltsam kämpfend von Stein zu Stein
Mich an mir selber betrinkend.

Daß ich mein Kragenknöpfchen verlor,
Kommt schließlich auch einmal anderwärts vor.
Du, mein einziges Tirol,
Lebe wohl! Lebe wohl!

Frühling hinter Bad Nauheim

Zwei Eier, ein Brötchen, ein Hut und ein Hund — —
Am Himmel die weiße Watte,
Die ausgezupft
Den Himmel ohne Hintergrund
So ungebildet übertupft,
Erzählt mir, was ich hatte.

Erzählt mir, was ich war.
Ich hatte, was ich habe.
Aber was weiß ich, was ich bin?!
Genau so dumm und vierzig Jahr?

Ich fliege, ein krächzender Rabe,
Über mich selber hin.

Ich bin zum Glück nicht sehr gesund
Und — Gott sei Dank —
Auch nicht sehr krank.

Der Wind entführt mir meinen Hund.
Die Eier, der Kognak, das Brötchen
Schmecken heute besonders gut:
Und siehe da: mein alter Hut
Macht Männchen und gibt Pfötchen.

Aneinander vorbei

Vom Speisewagen
Durchs Land getragen,
Siehst du Dörfer, Felder, Katz' und Küh'.
Angenommen, daß dir das Menü
Nichts kann sagen.

Irgendwo: Zwei Barfußmädchen winken.
Wissen selber nicht, warum sie's tun,
Lassen ihre arbeitsharten Hände
Für Momente ruhn.

Wissen nicht, daß deine Hände sinken,
Winken,
Grüßen
In den ganzen langen Zug hinein,
Ahnen nicht, daß du die Scholle sein
Möchtest unter ihren schmutzgen Füßen.

Angelangt, ergibst du mittelgroß
Dich der Höflichkeit, dem Stande und dem Gelde.
Nachts im Bette träumst du hoffnungslos
Von den beiden Mädchen auf dem Felde.

Natur

Wenn immer sie mich fragen,
Ob ich ein Freund sei der Natur,
Was soll ich ihnen nur
Dann sagen?

Ich kann eine Bohrmaschine,
Einen Hosenträger oder ein Kind
So lieben wie eine Biene
Oder wie Blumen oder Wind.

Ein Sofa ist entstanden,
So wie ein Flußbett entstand.
Wo immer Schiffe landen,
Finden sie immer nur Land.

Es mag ein holder Schauer
Nach einem Erlebnis in mir sein.
Ich streichle eine Mauer
Des Postamts. Glatte Mauer aus Stein.

Und keiner von den Steinen
Nickt mir zurück.

Und manche Leute weinen
Vor Glück.

Kühe

Wie in der ersten Frühe
Der Nebel feig
Sich dünne macht, stehn auf der Wiese Kühe,
Und eine davon klackst jenen erstaunlich viel grünen Teig.

Als wie im Paradiese!
Warme Mastbäuche rauchen,
Rührende Rotzmäuler tauchen
In die Champagnerbläschen der Wiese.

Sie wandeln mit viehischer Majestät
Innerhalb ihrer Grenze,
Schieben das Restchen von Nervosität
In die Quaste ihrer Schwänze,

Und ihre Euter schwappeln und schlenkern
So hunds-glücklich gemein — —
Auch unter den Fürsten und ersten Künstlern und
Denkern
Benehmen sich manche wie ein Schwein.

Am Sachsenplatz: Die Nachtigall

Es sang eine Nacht . . .
Eine Nachti . . .
Ja Nachtigall am Sachsenplatz
Heute morgen. — Hast du in Berlin
Das je gehört? — Sie sang, so schien
Es mir, für mich, für Ringelnatz.

Und gab mir doch Verlegenheit,
Weil sie dasselbe Jauchzen sang,
Das allen Dichtern früherer Zeit
Durchs Herz in ihre Verse klang.
In schöne Verse!

Nachtigall,
Besuche bitte ab und zu
Den Sachsenplatz;
Dort wohne ich. — Ich weiß, daß du
Nicht Verse suchst von Ringelnatz.

Und hatten doch die Schwärmer recht,
Die dich besangen gut und schlecht.

Müde in Berlin

Wenn die Gedanken sich zerstreut
Aus dir entfernen,
So, daß kein schönes Bein dich freut,
Und eine trübe Feuchtigkeit
Hängt über dir, unter den Sternen, —
Wo willst du hin um solche Zeit?

Schön ist zum Beispiel die Peltzer-Bar.
Aber müde Menschen sind undankbar.

Geh heim und lege dich zur Ruh.
Du findest doch die Worte nicht,
Wenn jemand freundlich zu dir spricht.
Denn du bist du
Und kannst dir selber nicht entfliehn.

Leg dich in deine Hände.
Dann schäumt das schillernde Berlin
Um deine ernsten Wände. — —
Dein Schiff wird in die Ferne ziehn.

Sehnsucht nach zwei Augen

(September 1930)

Diese Augen haben um mich geweint.
Denk ich daran, wird mir weh.
Wie die mir scheinen und spiegeln, so scheint
Keine Sonne, spiegelt kein See.

Und rührend dankten und jubelten sie
Für das kleinste gute Wort.
Diese Augen belogen mich nie.
Nun bin ich weit von ihnen fort,
Getrennt für Zeit voll Ungeduld.
Da träumt's in mir aus Leid und Schuld:
Daß sie noch einmal weinen
Werden über meinen
Augen, wenn ich tot bin.

Angstgebet in Wohnungsnot

(1923)

Ach, lieber Gott, gib, daß sie nicht
Uns aus der Wohnung jagen.
Was soll ich ihr denn noch sagen —
Meiner Frau — in ihr verheultes Gesicht!?

Ich ringe meine Hände.
Weil ich keinen Ausweg fände,
Wenn's eines Tags so wirklich wär:
Bett, Kleider, Bücher, mein Sekretär, —
Daß das auf der Straße stände.

Sollt ich's versetzen, verkaufen?
Ist all doch nötigstes Gerät.
Wir würden, einmal, die Not versaufen,
Und dann: wer weiß, was ich tät.

Ich hänge so an dem Bilde,
Das noch von meiner Großmama stammt.
Gott, gieße doch etwas Milde
Über das steinerne Wohnungsamt.

Wie meine Frau die Nacht durchweint,
Das barmt durch all meine Träume.
Gott, laß uns die lieben zwei Räume
Mit der Sonne, die vormittags hineinscheint.

Ich habe gebangt um dich

Ich habe gebangt um dich.
Ich wäre so gern für dich gegangen. —
Du hättest im gleichen Bangen
Dann gewartet auf mich.

Ich hörte nicht mehr
Und ich sah auch nicht.
Ein Garnichts floh vor mir her,
Gefrorenes Licht.

Nun atmet mein Dank so tief,
Und die Welt blüht im Zimmer. —
Daß alles so gnädig verlief,
Vergessen wir's nimmer!

Gedenken an meinen Vater

Warum ich tief Atem hole?

So hat mein Vater gern Bowle gebraut.
Nun trinken wir zwei eine Bowle.
Und du hast ihn nimmer gehört noch geschaut.

Doch wie wir beide hier zechen
Und sprechen mitnander — so ungefähr —
Meine ich — würde Vater sprechen,
Wenn er dein Liebster gewesen wär.

Je mehr ich altre und lerne,
Kommt er mir immer mehr nah.
Prost, Musch, einen Schluck auf den toten Papa!
Jetzt lächelt er jenseits der Sterne.

Paul Wegener

Der Regen ist noch regener,
Wenn er aufs Wasser niedergeht.

Gleich fest in jedem Wetter steht
Ein großer Stein, Paul Wegener.

Nicht Edel-, Halb-, noch Straßenstein,
Vor allen Dingen und ganz gewiß
Kein Similis.

Und nun bewegt sich und uns dieser Stein.
Ein Schauspieler, der kein
Theater spielt
Und nicht schielt.
Ein Hagen von Tronje, ein Zotteltier,
Ein rührender Alter, ein Kavalier.

Und hinter den Kulissen
Ein fröhliches Gewissen,
Ein anständiger Kamerad.

Und daheim, am Karlsbad,
Im Kreise seiner geschiedenen Frau'n,
Die alle ihm bleiben und ihm vertrau'n,
Neben seiner noch nicht geschiedenen,
Zusammen mit lauter zufriedenen
Kinder und Freunden vor einem Kapaun.

Und drum rum
Bilder und Buddhas schön und stumm,
Die er schätzt und uns nennt,
Und deren Seele er kennt.

Als ich im Filmatelier bei ihm war,
Stand er mit violettem Haar
Zwischen phantastischem Alldingsgewirr,
Riß aus dem Tisch ein Bein
Und — bums klirr —
Schlug er damit in ein Fenster hinein.
Das mußte so — so mußte es sein.

Und dann spät nachts,
Da er müde müßte sein — —
Nein! — —
Ging er noch weiter,
Tanzte, trank Wein
Bis in die helle Stunde
Weitarmig und heiter,
Mit guten und bösen Geistern im Bunde.
Ein lebendiger Roland aus Stein,
Der, was er liebt,
Gern, groß und ehrlich gibt.

Über Asta Nielsen

So eine Landschaft gibt's: Wo man den bleichen
Mond über weiten Ebenen sieht,
Der glanzlos, deutlich durch die Ferne zieht,
Die — weil sie in uns liegt — wir nie erreichen.

Jemand deutete auf eine Dame hin,
Die die Treppe scheuerte.
Er beteuerte:
Sie sei eine Königin.
Und ich wollte Klarheit, fragte
Sie, ob sie das sei, was jener dachte.
Und sie sagte:
„Nein!" — Scheuerte und lachte.

Zu der großen Künstlerin kam ein Verehrer,
Schenkte ihr ein schweres Stück
Gold. Sie gab es freundlich ihm zurück,
Dankte wie ein gütiger und weiser Lehrer.

Man verwundete und scheuchte sie,
Böse oder dummbelehrt gezielt.

Töten konnte man sie nie.
Weil sie einfach Mensch ist, und weil sie
Es auch bleibt, wenn sie Theater spielt.

Blicke lange ihr ins Gesicht
Und dann denke nicht
Ihrer, sondern deiner selbst. Und sprich
Lange du mit mir über dich.

Abschied von Renée

Wann sieht ein Walfisch wohl je
Ein Reh? —
Ach du! Renée!
Und führen wir zusammen zur See,
Wir landeten bei den Wilden. —
Sag: Ist es nicht noch schöner, in Schnee
Als in Erde zu bilden?
Und sei auch kein Fuß an dem Sinn;
Es schweben auf tanzender Melodie
Zwei Federn einer Indianerin
Fort, fort in die weite Prärie.

Ade Renée!
Wie dunkelschön war unser Dach,
Als leise wir viere
Zusammenrückten vor Blitz und Krach. —
Ich streichle euch guten Tiere,
Nun ich geh.
Mir ist so dienstmädchen-donnerstagweh,
Weil ich nun weiterfahre.
Und ich war hundert Jahre
Mit dir zusammen,
Renée.

Mensch und Tier

Wenn ich die Gesichter rings studiere,
Frage ich mich oft verzagt:
Wieviel Menschen gibt's und wieviel Tiere? —
Und dann hab' ich — unter uns gesagt —
Äußerst dumm gefragt.

Denn die Frage interessiert doch bloß
Länderweis statistische Büros,
Und auch diese würden sich sehr quälen,
Um zum Beispiel Läuse nachzuzählen.

Dummer Mensch spricht oft vom dummen Vieh,
Doch zum Glück versteht das Vieh ihn nie.
In dem neuen Korridor von Polen
Gaben sich zwei Pferde einen Kuß,
Und die Folge war ein dünnes Fohlen,
Welches stundenlang
Immer anders, als man dachte, sprang.

Wenn es auch in Polen
Sehr viel Läuse gibt, —
Aber wer ein solches Fohlen
Sieht und dann nicht liebt,
Bleibe mir gestohlen.

Heimatlose

Ich bin fast
Gestorben vor Schreck:
In dem Haus, wo ich zu Gast
War, im Versteck,
Bewegte sich,
Regte sich
Plötzlich hinter einem Brett
In einem Kasten neben dem Klosett,
Ohne Beinchen,

Stumm, fremd und nett
Ein Meerschweinchen.
Sah mich bange an,
Sah mich lange an,
Sann wohl hin und sann her,
Wagte sich
Dann heran
Und fragte mich:
„Wo ist das Meer?“

Schwebende Zukunft

Habt Ihr einen Kummer in der Brust
Anfang August,
Seht euch einmal bewußt
An, was wir als Kinder übersahn.

Da schickt der Löwenzahn
Seinen Samen fort in die Luft.
Der ist so leicht wie Duft
Und sinnreich rund umgeben
Von Faserstrahlen, zart wie Spinneweben.

Und er reist hoch über euer Dach,
Von Winden, schon vom Hauch gepustet.
Wenn einer von euch hustet,
Wirkt das auf ihn wie Krach,
Und er entweicht.

Luftglücklich leicht.
Wird sich sanft wo in Erde betten.
Und im Nächstjahr stehn
Dort die fetten, goldigen Rosetten,
Kuhblumen, die wir als Kind übersehn.

Zartheit und Freimut lenken
Wieder später deren Samen Fahrt.

Flöge doch unser aller Zukunftsdenken
So frei aus und so zart.

Spielen Kinder doch...

Sahst du in der Bahn auf Reisen:
Fährt dein Spiegelbild daneben
Draußen heil durch Fels und Eisen?
Was ist Schein und was ist Leben?

Wirrgespräch von Schizophrenen—?
Und der Wirrsinn deiner Träume—?
Warum suchen wir, ersehnen
Unterschiede, Zwischenräume?

Nach dem Nichts, dem Garnichts schielen
Alle, Freude, Gleichmut, Trauer.
Aus dem Garnichts lockt ein Schauer
So und so mit fremden Spielen.

Manchmal, zwischen trocknen Zeilen:
Barmt es, winkt es oder lacht es. —

Spielen Kinder doch zuweilen
Wundersames Selbsterdachtes.

Vor meinem Kinderporträt

Da ich ganz fremd mein Kinderbildnis sah,
Die Augen meiner Kindheit standen da
Vor mir, photographiert. Die Augen, die
So wenig sahn vor lauter Phantasie.

Nun wird mein Jahrgang wohl bald sterben müssen.
Die Betrachtung klingt zurecht sehr schal.
Auch ist's ein schiefes Tun, sich selbst zu küssen.
Ich wurde weinerlich vor fremden Leuten.
Ich sah mich selber im Eswareinmal
Und wußte mir so viel daraus zu deuten.

Liedchen

Die Zeit vergeht.
Das Gras verwelkt.
Die Milch entsteht.
Die Kuhmagd melkt.

Die Milch verdirbt.
Die Wahrheit schweigt.
Die Kuhmagd stirbt.
Ein Geiger geigt.

Welten des Inseits

Mit deinen Freunden und engsten Bekannten
Kann dir jedes Mißverständnis geschehn. —

Hast du einmal einem See-Elefanten
Ins Auge gesehn??

So weit, wie die Weite ist,
So tief mag die Enge sein. —

Wenn du mit dir je im Streite bist,
: Übergib das einem Engelein.

Ein Liebesbrief

(Dezember 1930)

Von allen Seiten drängt ein drohend Grau
Uns zu. Die Luft will uns vergehen.
Ich aber kann des Himmels Blau,

Kann alles Trübe sonnvergoldet sehen.
Weil ich dich liebe, dich, du frohe Frau.

Mag sein, daß alles Böse sich
Vereinigt hat, uns breitzutreten.
Drei Rettungswege gibt's: Zu beten,
Zu sterben, und „Ich liebe dich!"

Und alle drei in gleicher Weise
Gewähren Ruhe, geben Mut.
Es ist wie holdes Sterben, wenn wir leise
Beten: „Ich liebe dich! Sei gut!"

Herbst im Fluß

Der Strom trug das ins Wasser gestreute
Laub der Bäume fort. —
Ich dachte an alte Leute,
Die auswandern ohne ein Klagewort.

Die Blätter treiben und trudeln,
Gewendet von Winden und Strudeln
Gefügig, und sinken dann still. —

Wie jeder, der Großes erlebte,
Als er an Größerem bebte,
Schließlich tief ausruhen will.

Trost an eine Mutter

Starb dein Kind. Nun weine!
Und dann wirst du glücklich sein.
Denn das zarte, kleine
Leben schwand noch quellenrein.

Lausche, was mit frommen
Worten die Erinnerung spricht.
Schlimmes konnte kommen.
Nach dem Tode kommt es nicht.

Paßt ein Kinderröckchen
Niemals der erwachsenen Frau.

Abgeschnittene Kinderlöckchen
Werden nimmer grau.

Vergehe Zeit!

(1932)

Vergehe Zeit und mach einer besseren Platz!
Wir haben doch nun genug verloren.
Setz einen Punkt hinter den grausamen Satz
„Ihr habt mich heraufbeschworen."

Was wir, die Alten, noch immer nicht abgebüßt,
Willst du es nicht zum Wohle der Jugend erlassen?!
Kaum kennen wirs noch, daß fremde Hände sich fassen
Und Fremdwer zu Ungleich sagt: „Sei herzlich gegrüßt."

Laß deine Warnung zurück und geh schnell vorbei,
Daß wir aufrecht stehen.
Vergönne uns allen zuinnerst frei
Das schöne Grün unsrer Erde zu sehen.

Nichts geschieht

Wenn wir sterben müssen,
Unsere Seele sich den Behörden entzieht,
Werden sich Liebende küssen;
Weil das Lebende trumpft.
Aber wenn nichts geschieht,
Bleibt das Leben nicht einmal stehn, sondern schrumpft.

Was heute mir ins Ohr klingt,
Ist nur, was Klage vorbringt.
Und was ich mit Augen seh
An schweigender Not, das tut weh.
Aller Frohsinn in uns ist verreist.

Und nichts geschieht. — Und der Zeiger kreist.

Wenn es unversehns ganz finster wird

Wenn es unversehns ganz finster wird —
Wenn sich Fliegen vor dem Tod erbosen,
Summend — gegen feuchte Stirnen stoßen —

Wenn ein Fensterblümchen sein Köpfchen versteckt —
Wenn ein Zündholzblinken dich erschreckt —

Was bei Licht du übersehen
Hast, will es nun vor dir stehen?

Willst du Lachen gegen Lachen
Heucheln? Hohle Witze machen?
Daß du vorm Gewissen fliehst,
Öffentlich,
Lachenden Gesichts??

Hüte dich!
Weißt du, was du morgen siehst? —
Vielleicht nur und für immer: nichts.

Wort auf den Weg

Weil die Lügengewebe,
Die dich umgeben,
Um dich sind, niemals über dir,
Gehe geradewegs dein Leben.
Aber wolkenwärts hebe
Dein Sinnen sich — —
Baldmal sterben wir.

Leid um Pascin

(Juni 1930)

Ach, ist das Leben schwer.

Pascin nahm sich das Leben.

Nun steht ein Haus der Freundschaft leer,
Wo sich so viel begeben.

Wie lang ist's her,
Daß ich ihn dort verließ.
Mir tat der Abschied heimlich weh.

Ich meine, daß ich nun Paris
Nie wiederseh.

Das Herz auf dem Montmartre brach.

Adieu Pascin. — Es blieben
Zwei Bilder treu an meiner Wand.

Die Menschen, die ihm nach
Noch leben und so lieben—:
Ihr Wenigen, laßt Hand in Hand.

An M.

Der du meine Wege mit mir gehst,
Jede Laune meiner Wimper spürst,
Meine Schlechtigkeiten duldest und verstehst —
Weißt du wohl, wie heiß du oft mich rührst?

Wenn ich tot bin, darfst du gar nicht trauern.
Meine Liebe wird mich überdauern
Und in fremden Kleidern dir begegnen
Und dich segnen.

Lebe, lache gut!
Mache deine Sache gut!

Großer Vogel

(1933)

Die Nachtigall ward eingefangen,
Sang nimmer zwischen Käfigstangen.
Man drohte, kitzelte und lockte.
Gall sang nicht. Bis man die Verstockte
In tiefsten Keller ohne Licht

Einsperrte. — Unbelauscht, allein
Dort, ohne Angst vor Widerhall,
Sang sie
Nicht——,
Starb ganz klein
Als Nachtigall.

So ist es uns ergangen

(1933)

So ist es uns ergangen.
Vergiß es nicht in beßrer Zeit! —
Aber Vöglein singen und sangen,
Und dein Herz sei endlos weit.

Vergiß es nicht! Nur damit du lernst
Zu dem seltsamen Rätsel „Geschick". —
Warum wird, je weiter du dich entfernst,
Desto größer der Blick?

Der Tod geht stolz spazieren.
Doch Sterben ist nur Zeitverlust. —
Dir hängt ein Herz in deiner Brust,
Das darfst du nie verlieren.

Inhalt

Joachim Ringelnatz im Diogenes Verlag

Das Gesamtwerk in sieben Bänden
Herausgegeben von Walter Pape.
3008 Seiten, Halbleinen, in Kassette

und auf einmal steht es neben dir
Gesammelte Gedichte

Es zwitschert eine Lerche im Kamin
Gedichte

Turngedichte
Mit Zeichnungen von Karl Arnold

Gedichte und Prosa
Eine kleine Auswahl für das Taschenbuch

Das Ringelnatz Lesebuch
Ein Querschnitt durch das Werk,
Gedichte, Geschichten, Autobiographisches –
Bekanntes und Entdeckungen.
Herausgegeben von Daniel Keel.
Mit einem Nachwort von Anton Kuh.

»Wer hat so viel Achtung und Liebe vor fremdem Leben, vor der fremden Fülle, der Wichtigkeit der andern, den Mikrokosmen der andern...?«
Kurt Tucholsky